Manuela Kusterer

Gefährlicher Deal

Kriminalroman

AF219717

Herstellung und Verlag:
BoD - Books on Demand,
Norderstedt
ISBN 978-3-7534-8162-3

1. Auflage April 2021
Covergestaltung: Peter Kusterer
Foto Umschlag: Adobe-Stock

Manuela Kusterer, in Pforzheim geboren, Jahrgang 1964, lebt heute mit ihrem Mann und ihren zwei erwachsenen Söhnen in der Nähe von Karlsruhe.

Der Kriminalroman „Gefährlicher Deal" spielt in Berlin.

Ihre Krimiserie „Lea und ihr Team" spielt in Schömberg, an der Pforte zum Schwarzwald und Umgebung.

Außerdem hat die Autorin die Krimis „Wer nicht vergessen kann, muss töten" und „Gefährliche Entscheidung" geschrieben.

Dann gibt es noch eine Romanserie, die mit dem ersten Teil „Die Liebe, das Leben und die täglichen Katastrophen" beginnt.

Besuchen Sie die Autorin im Internet
www.manuelakusterer.com
oder in Facebook:
AutorinManuelaKusterer

Zum Buch:

Gabriele soll die Eltern ihres Verlobten kennenlernen. Raphaels Mutter möchte sie allerdings nicht als Schwiegertochter akzeptieren. Als es beim gemeinsamen Abendessen eskaliert, rennt Gabriele empört aus dem Haus. Raphael begibt sich mit dem Auto auf die Suche, aber er findet seine Freundin nicht. Nach einem schweren Verkehrsunfall wird er ins Krankenhaus eingeliefert. Nachdem er aus dem Koma erwacht, stellt er fest, dass Gabriele spurlos verschwunden ist. Verzweifelt begibt er sich auf die Suche nach ihr. Dabei hilft ihm Sophie, eine junge Frau, die sich hoffnungslos in ihn verliebt hat. Sie begibt sich dadurch in große Gefahr, so dass Raphael sich nun um beide Frauen sorgen muss.

Dann ist da noch Mike, bei dem es unklar ist, ob er auf der richtigen Seite steht. Geht von ihm eine Gefahr aus oder möchte er tatsächlich nur helfen?

Für Peter

Prolog

Vier Männer und eine Frau saßen in der Wohnung von Robert, der sich selbst als Chef bezeichnete, zusammen. Mike, der an dem Türrahmen lehnte, blickte angewidert auf ungefähr zehn Pizzakartons, die sich auf dem schmierigen PVC-Boden stapelten. Zum Teil klebten noch alte Essensreste daran. Auch sonst erschien ihm diese Bruchbude ziemlich schmuddelig. Er wurde aus seinen Gedanken gerissen, weil Detlef ihn ansprach: »Hey du Neuankömmling, was meinst du dazu?«
Eigentlich sah dieser eher wie ein Chef aus. Mit seiner imposanten Größe und den dunklen Locken zog er automatisch alle Blicke auf sich, wenn er einen Raum betrat.
Mike war heute erst zum zweiten Mal dabei und machte keinen allzu glücklichen Eindruck. Er schien sich nicht ganz wohl in seiner Haut zu fühlen.
»Sorry, ich hab gerade nicht zugehört«, erwiderte er betont lässig.
»Ich habe gefragt, was du zu der Gegend meinst, in der wir in Zukunft arbeiten werden?«
»Äh, ja, das Gebäude und die Umgebung sind sehr gut geeignet für unsere Zwecke. Da kommt kein Mensch drauf.«
Zufrieden sahen Robert und Detlef ihn an.

Das war genau das, was sie hören wollten. Max, wie er sich gerade nannte, sagte nichts dazu. Er wechselte ständig seinen Namen und wurde nur benötigt, um rechtzeitig die Ware zu liefern. Und Marina war nur so eine Art Sekretärin und Mädchen für alles. Manchmal musste sie allerdings auch Krankenschwester sein. Sie hielt meistens ihren Mund und antwortete nur, wenn sie gefragt wurde. Sie hatte schnell begriffen, dass das in diesen Kreisen so gewünscht war.

Nun wandte sich der Boss an Max: »Und dass es klar ist, keine Angehörigen oder Freunde sollten vorhanden sein. Am besten du bändelst nur mit Frauen an, die sich hier illegal aufhalten und schnelles Geld verdienen wollen.«

»Das versteht sich von selbst«, antwortete er grinsend.

Nach ungefähr einer Stunde war die Besprechung beendet. Robert stellte einige Bierflaschen auf die Holzkiste, die als Tisch diente, und meinte: »Bedient euch.«

Mike und Marina verabschiedeten sich allerdings schnell, indem sie behaupteten noch etwas vorzuhaben. Sie wurden keines Blickes gewürdigt, als sie den Raum verließen. Nur Detlef nickte gleichgültig in ihre Richtung um ihnen damit mitzuteilen, dass es in Ordnung sei.

Gabriele

Wie wird es wohl werden? Wie wird die Nachricht unserer Verlobung bei seinen Eltern ankommen? Werden Karin und Günther mich endlich akzeptieren? Diese Fragen gingen mir durch den Kopf, während ich mühsam versuchte, mein Auto, das eigentlich nicht groß war, in eine viel zu kleine Parklücke einzuparken. Fluchend gab ich auf und fuhr diese belebte Straße mitten in Berlin entlang, um nach einer neuen Parkmöglichkeit Ausschau zu halten. Ich musste noch mehrere Straßen entlang fahren bis mir ein freier Platz ins Auge sprang. Nun war ich allerdings weit entfernt von unserem Treffpunkt. Raphael war der Ansicht gewesen, es wäre besser sich nicht direkt vor dem Haus seiner Eltern zu treffen, sondern gemeinsam mit einem Gefährt dort anzukommen. Genauso hatte er sich ausgedrückt. Er hätte auch gleich sagen können, dass ich meinen alten Renault lieber nicht in Sichtweite seiner Eltern abstellen sollte. Sie wohnten in Grunewald. Dort gab es zahlreiche noble Villen, aber ich glaubte sagen zu können, dass das Gebäude und das dazugehörige Gelände der Lehmanns mit Abstand das größte war.

Mir entfuhr ein Seufzer, als ich mich schnellen Schrittes in Richtung des Cafés begab, wo sich mein Verlobter mit mir treffen wollte.

Seine Eltern waren sehr reich und wünschten sich für ihren einzigen Sohn eine gute Partie. Soviel hatte ich bei den beiden kurzen Treffen, die wir in den drei Monaten unserer Beziehung mit ihnen gehabt hatten, festgestellt. Raphael hatte mich, als ich ihn darauf hinwies, immer lächelnd in den Arm genommen und gemeint, dass das doch Blödsinn sei. So ganz überzeugt sah er dabei allerdings nicht aus.

Ich erblickte ihn schon von weitem vor unserem Lieblingscafé und mein Herz schlug schneller. Wie gut er doch aussah, mit hochgeschlagenem Mantelkragen und fröstelnd die Schultern hochgezogen. Es wehte ein eisiger herbstlicher Wind. Immerhin war es schon November. Seine etwas längeren dunklen Locken wurden kräftig durcheinandergewirbelt. Ja, ich liebte ihn über alles, sonst hätte ich die Situation mit seinen Eltern so nicht ertragen.

Als er mich sah, breitete er lächelnd seine Arme aus, ich rannte auf ihn zu und fiel ihm um den Hals. Als ich aufblickte, sah ich, wie uns ein etwas älterer Herr spöttisch anschaute, aber das war mir egal. Ich freute mich so, dass Raphael mich ebenso liebte und wir bald heiraten würden. Nachdem wir in dem Café in einer gemütlichen Ecke an einem kleinen runden Tisch saßen und zwei Milchkaffees bestellt hatten, schaute mich mein Verlobter lange an und meinte schließlich: »Du siehst blass aus mein Schatz. Hast du Angst vor meinen Eltern?« Ohne eine Antwort abzuwarten, fuhr er fort: »Das brauchst du nicht, ich bin doch bei dir. Deshalb dachte ich mir, dass es besser ist, hier noch einen Kaffee zu trinken, damit du dich ein bisschen entspannen kannst.«

Lächelnd erhob ich mich, küsste ihn auf die Wange und entfernte mich mit den Worten: »Ich muss mal für kleine Mädchen.« Ich wollte zu den Toiletten, um mein Aussehen zu prüfen, ob ich tatsächlich so blass aussah. Mein Spiegelbild ließ mich erschrecken. Nicht nur mein Gesicht war etwas fahl, nein, auch meine frisch gefärbten Haare hingen heute strähnig herunter. Sie hingen mir wirr bis weit über die Schultern, der Wind hatte sein Übriges dazu getan. Meine Blässe wurde durch die schwarze Farbe noch betont. Nun bereute ich doch, keinen Friseur aufgesucht zu haben. Ich schnitt mir die Haare immer selbst, indem ich mir einen großen Zopf senkrecht nach oben gezwirbelt hielt und einen Teil davon abschnitt. Immerhin sparte ich so einiges an Geld. In meinem Beruf als Krankenschwester verdiente ich nicht sehr viel. Dazu kam noch, dass ich Schulden abzuzahlen hatte, da ich mich beim Kauf eines gebrauchten Autos, das schon kurze Zeit später kaputtgegangen war, übernommen hatte. Das war aber kein Grund mich minderwertig zu fühlen. Was bildeten die Lehmanns sich eigentlich ein. Trotzig schaute ich mein Spiegelbild an und verließ die Toiletten, um mich in den Kampf zu stürzen.

Raphael

Wo bleibt sie denn? Habe ich was Falsches gesagt? Nachdem Gabriele hinter der Toilettentür
verschwunden war, bemerkte ich, wie mir der
Schweiß ausbrach. Vater wird sich nicht mit meiner Wahl zufriedengeben. Mehrfach hatte er mir
zu verstehen gegeben, dass er sich eine gute Partie für seinen Sohn wünsche. Dabei war es für
Günther wichtig, dass meine Zukünftige aus gu-
tem Hause stammen und eine gute Bildung besitzen sollte. Meiner Mutter dagegen kam es nur darauf an, dass meine Zukünftige reiche Eltern hätte
und es nicht auf ihr Geld abgesehen haben
könnte. Günther war Professor und als Leiter in
einer chirurgischen Privatklinik in Gatow tätig, einem Ortsteil, der im Süden des Bezirks Spandau
liegt. Es war schon schlimm genug für ihn, dass
sein Sohn nicht in seine Fußstapfen getreten war,
sondern im Marketingbereich einer größeren
Firma arbeitete. Aber immerhin hatte ich studiert
und es zu etwas gebracht. Die große Hoffnung
meines Vaters war, mich zumindest mit einer Ärztin zu verheiraten und er hatte auch schon zweimal eine der Oberärztinnen seiner Klinik zum Essen zu uns nach Hause eingeladen. Ich hatte mich
zwar immer höflich verhalten und auch angenehme Unterhaltungen geführt, das war es dann

13

aber auch gewesen. Solche Enttäuschungen konnte ich meinen Eltern nicht ersparen, schließlich wollte ich mit meinen dreißig Jahren selbst entscheiden, wen ich heiraten würde. Aus reiner Bequemlichkeit noch bei ihnen zu wohnen, hätte ich schon lange ändern müssen, dachte ich reuevoll.

Erleichtert sah ich, dass Gabriele zurückkam. Nach einem Blick auf die Uhr sprang ich auf und sagte: »Schatz, wir müssen los. Es ist schon spät, meine Eltern warten nicht gerne. Meine Mutter möchte um 18 Uhr das Essen servieren.«

»Aber ich habe doch meinen Kaffee noch nicht einmal angefangen zu trinken«, entgegnete meine Verlobte.

Etwas ratlos schaute ich von Gabriele zum Tisch, wo noch die vollen Tassen standen, bis sie schließlich meinte: »Also gut, dann eben nicht. Lass uns gehen, damit Karin keine schlechte Laune bekommt.«

Ich tat so, als ob ich den ironischen Unterton nicht hören würde. Natürlich war Gabi mit meinen Eltern nicht per du, so redete sie nur in deren Abwesenheit. Es war mir klar, dass die drei nie Freunde werden würden. Aber ich hoffte, dass sie meine Entscheidung zu heiraten wenigstens akzeptieren würden. Karin und Günther wussten nicht, was heute auf sie zukam. Ich hatte einfach nur um ein Gespräch gebeten, gesagt, dass meine Freundin dabei sein würde, und mich nicht einmal getraut, von meiner Verlobten zu sprechen. Während ich Gabriele nach draußen folgte, bezahlte ich kurz an der Theke unsere Getränke.

Als wir die lange Einfahrt, die zum Haus meiner Eltern führte, entlang gingen, schaute ich Gabriele von der Seite an. Sie wirkte vollkommen entspannt und gelassen. Das konnte man von mir nicht behaupten. Ich wurde immer nervöser, je näher das Treffen rückte. Auf was hatte ich mich da eingelassen, das musste ja schiefgehen. Schließlich hatten sich meine Eltern nicht über Nacht geändert.
Nachdem der melodische Glockenton der Klingel ertönt war, dauerte es einen Moment, bis ich die Schritte meines Vaters vernahm. Dieser öffnete die Tür, nickte kurz und bat uns herein. Nachdem ich Gabriele den Vortritt gelassen hatte, begrüßte Günther zuerst meine Verlobte und dann mich mit Handschlag und rang sich sogar ein Lächeln ab. Erleichtert atmete ich auf, bis mir gleich darauf bewusst wurde, dass mein Vater das kleinere Problem war. Er wusste sich zu benehmen, bei meiner Mutter war ich mir da nicht so sicher. Da kam sie auch schon und streckte uns ebenfalls, aber etwas zögernd, die Hand entgegen.

Dann sagte sie zuckersüß an Gabriele gewandt: »Freut mich, dass Sie uns besuchen, dann können wir uns etwas besser kennenlernen.

Oder gibt es einen konkreten Anlass für das Abendessen?«, fragte sie nun mich.

»Mutter, jetzt lass uns doch erst mal richtig ankommen.«

»Na gut. Auf jeden Fall habe ich eine Kleinigkeit zum Essen vorbereitet.«

Mir war schon klar, dass sie nicht selbst gekocht hatte. Dazu müsste sie sich ja die Finger schmutzig machen. Ich war dann aber sogleich wieder versöhnt, denn das Büfett, das meine Eltern sich hatten liefern lassen, sah wirklich vorzüglich aus. Verlockend duftete das Roastbeef. Dazu gab es Kartoffelgratin und verschiedene Salate. Nicht zu vergessen eine kleine Vorspeisenplatte, bestehend aus Honigmelone und rohem Schinken. Gabriele hingegen sah ratlos vom Büfetttisch zu meinen Eltern und dann mich an. »Kommen noch mehr Leute?«, wollte sie wissen.

»Nein, natürlich nicht«, erwiderte meine Mutter schnippisch.

Nachdem wir an dem übergroßen Tisch aus Glas Platz genommen und uns schweigend der Vorspeise gewidmet hatten, fragte Karin plötzlich: »Und Sie, meine Liebe, ist es nicht ein bisschen viel, neben dem Studium noch so einen anstrengenden Beruf wie Krankenschwester auszuüben?«

Kurz schien es meiner Verlobten die Sprache verschlagen zu haben, aber dann fasste sie sich wieder und antwortete: »Das würde ich mir auch anstrengend vorstellen, aber ich studiere ja schließlich nicht. Ich bin und bleibe Krankenschwester. Hat Ihnen das Raphael nicht gesagt? Ich liebe meinen Beruf.«

»Nein, so genau haben wir darüber nicht gesprochen. Ist ja auch nicht so wichtig. Ich meine nur, von dem, was man da verdient, kann man ja nicht leben. Und Sie werden sich wohl nicht dem nächstbesten Mann an den Hals werfen wollen. Oder?«

Ich blickte meine Mutter zornig an und sagte gefährlich ruhig: »Und da wir schon beim Thema sind. Genau das werden wir tun. Heiraten nämlich!«

Günther hatte die ganze Zeit geschwiegen. Man sah ihm an, dass er sich ziemlich unbehaglich fühlte.

Karins Worte waren zuviel für Gabriele. Bevor ich weiterreden konnte, sprang sie von ihrem Stuhl auf, warf ihre Serviette, die sie auf den Schoß gelegt hatte, auf den Tisch, sah meine Mutter mit vor Zorn blitzenden Augen an und zischte: »Was

17

bilden Sie sich eigentlich ein? Denken Sie, dass Sie was Besseres sind, nur weil sie einen Haufen Geld besitzen? Wissen Sie was, es gibt einen guten Grund Raphael nicht zu heiraten, nämlich, dass ich Sie dann nicht als Schwiegermutter ertragen muss.« Und schon war sie verschwunden. Erst als ich die Haustür zuknallen hörte, wurde mir bewusst, was da gerade geschehen war. Ich rannte ihr hinterher, konnte sie aber nirgends mehr entdecken, deshalb kehrte ich noch einmal zurück ins Haus, um meiner Mutter die Meinung zu sagen. Da saß sie nun und schaute mir trotzig entgegen. Es hatten sich ein paar hektische rote Flecken auf ihren Wangen gebildet, welche einen starken Kontrast zu ihren hellblond gefärbten Haaren ergab. Normalerweise war ihr Kurzhaarschnitt immer wie aus dem Ei gepellt, aber nun standen ein paar Strähnen kerzengerade nach oben. Wahrscheinlich war sie sich mit den Händen durch die Haare gefahren.

»Was hast du dir dabei gedacht?«, fuhr ich sie an.
»Das würde ich auch gerne wissen«, war das erste, was mein Vater dazu sagte.
Aber ich würdigte ihn keines Blickes und fuhr fort: »So treibst du mich aus dem Haus. Ich suche mir nun endlich eine eigene Wohnung. Und die Hochzeit wird stattfinden, aber ohne dich.«

Jetzt war Karin leichenblass geworden. Ohne mich um sie zu kümmern - meinem Vater nickte ich noch kurz zu -, verließ ich nun endgültig das Haus.

Draußen angekommen, überlegte ich kurz, wohin Gabriele wohl gegangen war. Wahrscheinlich zur nächsten Bushaltestelle, um nach Spandau zu ihrer Wohnung zu fahren. Allerdings war dies ein Fußweg von ungefähr 15 Minuten. Eigentlich müsste ich sie noch rechtzeitig auf der Strecke einsammeln können, bevor sie dort in den nächsten Bus einsteigen würde.
Aber ich konnte sie nicht finden.

Günther

Was hat sie sich nur dabei gedacht? Jetzt ist der ganze Abend zerstört und das Essen unberührt. Dabei habe ich mich auf einen gemütlichen Abend gefreut. So schlimm finde ich Gabriele gar nicht. Ich habe schon begonnen, mich an den Gedanken zu gewöhnen, dass sie bald zur Familie gehören wird, da ich bemerkt habe, wie glücklich unser Sohn in letzter Zeit war. Mit Karin allerdings bin ich überhaupt nicht mehr gern zusammen. Was habe ich nur an dieser Frau geliebt? Klar, wir hatten wunderbare Jahre, aber sie hat sich doch sehr verändert. Und das nicht zu ihrem Vorteil. Was bildete sie sich eigentlich ein? Schließlich hat sie überhaupt keinen Beruf erlernt. Das einzige, was Karin vorzuweisen hatte, war, dass sie aus einem reichen Elternhaus stammte. Aber, wenn ich sie nicht geheiratet hätte, wer weiß, was dann aus ihr geworden wäre. Natürlich wäre es mir lieber, wenn unser Sohn eine Ärztin heiraten würde, wenn er selbst schon nicht Medizin studieren mag, aber man kann doch da nichts erzwingen. Gedankenverloren öffnete ich die Tür, um nach meiner Frau zu sehen. Ich hatte mich nach diesem unschönen Zwischenfall in mein Büro, das sich di-

rekt neben dem Wohnzimmer befand, zurückge-
zogen. Da saß Karin in ihrem Sessel und die Tränen liefen ihr übers Gesicht.

»Na, zergehst du wieder in Selbstmitleid?«,
konnte ich mir nicht verkneifen zu sagen.

Da fuhr sie wie eine Furie hoch und schrie mich
an: »Wie kannst du nur so gelassen sein? Schließlich geht es um die Zukunft unseres einzigen Kin-
des. Aber dir ist ja alles egal. Hauptsache, das Essen ist gut und deine Bedürfnisse sind gestillt«,
fuhr sie gehässig fort.

»Du hast sie doch nicht mehr alle.« Jetzt bemerkte auch ich, wie mein Blutdruck stieg. In diesem Moment konnte ich nur noch Verachtung für
sie empfinden.

»Was soll denn schon passieren. Hast du Angst,
dass die Freundin deines Sohnes, wenn er sie hei-
ratet, dir dein Geld wegnimmt? Was hast du denn
in deinem Leben zu unserem Lebensunterhalt bei-
gesteuert? Was hast du überhaupt geleistet?«

Karin hatte nun ebenfalls ein knallrotes Gesicht
und schrie hysterisch: »Schließlich habe ich unser
Kind großgezogen und dir den Rücken freigehal-
ten. Ist das nichts?«

Ich wusste nicht, was ich dazu sagen sollte und
ließ sie einfach wortlos stehen.

Nachdem ich das Haus verlassen hatte, entschloss ich mich, doch noch zu Larissa zu gehen. Sie war meine Geliebte. Mehr sollte daraus auch nie werden. Sie arbeitete bei mir in der Klinik als Krankenschwester und eines Tages, als wir beide Nachtschicht hatten, ist es dann schließlich passiert. Ich konnte dieser jungen Frau mit ihrer Wahnsinnsfigur einfach nicht länger widerstehen. Die Dreißigjährige hatte mir schon seit Längerem zu verstehen gegeben, dass sie scharf auf mich war. An diesem Abend dachte ich mir „Was soll's?".

Es war extrem ruhig in dieser Nacht gewesen. Die Patienten schliefen alle tief und fest. Bis jetzt habe ich das auch nie bereut. Das Ganze ging nun schon über ein Jahr so. Das Problem war nur, je mehr ich meine Frau verachtete, umso mehr fühlte ich mich zu Larissa hingezogen. Immer öfter trafen wir uns privat und führten gute Gespräche. Ich würde mich doch wohl nicht verlieben? Nein, das durfte nicht passieren. Der Schweiß brach mir aus allen Poren, als ich vor dem Mehrfamilienhaus, in dem meine Freundin wohnte, anhielt. Aber ich spürte, dass ich nicht die Kraft haben würde, diese Beziehung zu beenden. Zumindest nicht jetzt in dieser blöden Situation zu Hause. »Das kann ich auch noch in ein paar Wochen machen«, murmelte ich beruhigend vor mich hin.

Gabriele

Vollkommen erschöpft kam ich in eine etwas belebtere Gegend. Hier kannte ich mich allerdings nicht besonders gut aus.

Weit gekommen war ich noch nicht, als ich Raphaels Auto hörte. Er war also losgezogen, um mich zu suchen. Na gut, aber ich hatte nicht die geringste Lust, mit ihm über das soeben Geschehene zu diskutieren. Ich hatte die Nase gestrichen voll. Nicht von ihm, aber von seinen Eltern, insbesondere von Karin. Deshalb hatte ich mich hinter einem Baum versteckt. Tatsächlich war es mir gelungen, mich so zu positionieren, dass er mich nicht sehen konnte und vorbeifuhr.

Fröstelnd schaute ich mich um. Es begann gerade zu regnen und ich konnte mir Angenehmeres vorstellen, als hier im Freien herumzustehen. Den Bus hatte ich auch gerade wegfahren sehen. Der nächste würde wahrscheinlich frühestens in einer Stunde fahren. Zögernd schaute ich mich um und entdeckte ein kleines Café, man konnte es eher als Bar oder Bistro bezeichnen. Wahrscheinlich war es so eine Mischung aus allem. Kurz entschlossen ging ich auf die Tür zu und drückte die Klinke hinunter. Als ich eintrat, schlug mir eine angenehme Wärme entgegen. Das kleine Lokal war nur zur Hälfte gefüllt.

Ich suchte mir einen Tisch in der hintersten Nische aus und bestellte einen Tee. Nachdem sich die Wärme des Getränkes angenehm in mir ausbreitete, konnte ich wieder einigermaßen klar denken. Was sollte ich tun? Wenn es jetzt schon solche Probleme gab, wie sollte das dann in Zukunft werden. Nein, ich würde die Verlobung lösen. Ja, ich liebte Raphael, aber ich würde mir immer minderwertig vorkommen, dafür würde seine Mutter schon sorgen. Plötzlich hatte ich eine Idee. Ich musste einfach schauen, selbst genug Geld zu verdienen, um nicht auf seines angewiesen zu sein. Aber wie? Vor lauter Grübeln bemerkte ich nicht gleich den Mann, der vor mir stand und sich räusperte. Wahrscheinlich hat der mich schon die ganze Zeit beobachtet und möchte mich nun plump anmachen, schoss es mir durch den Kopf. Ich war schon drauf und dran, ihm zu sagen, dass er verschwinden soll, als er freundlich fragte, ob er sich einen Moment zu mir setzen dürfe. Irgendetwas in seinem Tonfall sagte mir, dass es keine Anmache war. Er sah auch nicht gerade wie ein Casanova aus, sondern hatte eher ein etwas langweiliges Erscheinungsbild. Blonde lichte Haare, ziemlich blass und mit Bierbauch. Aber seine Stimme hatte etwas Beruhigendes. Also nickte ich

wortlos. Nach einem kurzen Moment des Schweigens begann er das Gespräch: »Sie sehen unglücklich aus. Brauchen Sie Hilfe?«
Überrascht schaute ich ihn an. Später wusste ich nicht mehr, was mich dazu bewogen hatte, ihm meine ganze Geschichte zu erzählen. Auch dass ich am Überlegen wäre, wie ich möglichst schnell viel Geld verdienen könne. Nachdenklich meinte er, dass er das auch nicht wüsste, er aber immerhin eine Möglichkeit für mich hätte, monatlich eine schöne Extrasumme zu kassieren. Ich bräuchte nur an einer Medikamentenstudie teilnehmen. Völlig harmlos und er könnte den Kontakt für mich herstellen. Interessiert schaute ich ihn an. Inzwischen hatte er sich mit Felix vorgestellt und wir waren zum Du übergegangen. Sichtlich besser gelaunt verließ ich eine knappe Stunde später mit der Kontaktadresse die Kneipe, um mit dem nächsten Bus in die Nähe der Straße zu fahren, in der ich mein Auto geparkt hatte. Das Ganze hatte sich seriös angehört und außerdem handelte es sich um eine kleine Klinik. Was sollte daran also nicht in Ordnung sein. Ein kleiner Zweifel blieb allerdings.

Sophie

Als ich die letzten Reste meiner Malerarbeiten aufräumte, bemerkte ich erst, wie erschöpft ich war. Mitten im Wohnzimmer blieb ich stehen und schaute stolz mein Werk an. Die halbe Wand zwischen der Küchentür und dem Fenster, das den Blick auf die Straße freigab, hatte ich mit einem zarten Lindgrün verschönert. Die Farbe machte sich gut zu meiner Esstischgruppe aus hellem Holz. Ja, ich liebte mein kleines Reich. Das Schlafzimmer befand sich neben der Küche. Diese Wand werde ich weiß lassen, das ist dann ein schöner Kontrast zu dem Grün, sinnierte ich weiter. Mehr Räume gab es nicht, außer natürlich dem Bad und einer kleinen separaten Toilette.

Ich fühlte mich von Anfang an wohl in dieser gemütlichen Wohnung, als ich vor drei Monaten hier eingezogen war. Eigentlich könnte ich glücklich sein, wenn da nicht Raphael wäre. Als meine Freundin Britta ihn mir vor ein paar Wochen vorstellte, hatte ich mich sofort hoffnungslos verliebt. Nur leider beachtete er mich so gut wie gar nicht. Nach kurzer Zeit wurde mir klar, dass er mit einer Freundin von Britta zusammen war. Ich glaube, sie heißt Gabriele. Ich hatte sie zuvor nur flüchtig kennengelernt, da sie eigentlich zu einem anderen Freundeskreis meiner Freundin gehörte.

Das war auch der Grund, weshalb ich Raphael nur selten zu Gesicht bekam. An diesen drei oder vier Treffen mit der Clique, bei denen er dabei war, behandelte er mich wie Luft, obwohl Gabriele nicht anwesend war. Vielleicht bildete ich mir das ja auch nur ein, weil ich so auf ihn fixiert war. Seit gestern Abend war ich allerdings etwas zuversichtlicher. Lächelnd löste ich das Gummi, das meine blonde Lockenmähne während des Streichens zusammengehalten hatte, und schüttelte die lange Haarpracht, während ich mich auf mein kleines kunterbuntes Sofa fallen ließ. Was ich gestern in dem kleinen Bistro gesehen hatte, ging mir nicht aus dem Kopf. Als Raphaels Freundin das Lokal betreten hatte, erwartete ich eigentlich auch gleich, meinen Schwarm zu sehen, aber dem war nicht so gewesen. Außerdem sah Gabriele ziemlich fertig aus. Vielleicht haben die beiden sich ja getrennt, dachte ich voller Hoffnung. Warum sonst hätte sie sich dort mit einem anderen Mann getroffen? Vielleicht wusste Raphael das aber auch nicht und sie betrügt ihn. Ich konnte meine Gedanken einfach nicht abschalten. Vielleicht sollte ich ihn darauf ansprechen? Entsetzt über das, was ich gerade dachte, denn so war ich eigentlich nicht, schüttelte ich über mich selbst den Kopf und entschloss mich, ein Bad zu nehmen, um mich abzulenken. Danach ist Kochen angesagt, entschied ich. Und dann? »Mir fehlt einfach ein Mann in meinem Leben«, seufzte ich und erhob mich, um Wasser in die Badewanne zu lassen. Aber was sollte ich tun, schließlich war ich nur an Raphael interessiert.

Gabriele

Unruhig ging ich im langen Flur meiner Altbauwohnung auf und ab. Es war schon Abend und
draußen stockdunkel. Seit zwei Tagen hatte ich
nichts von Raphael gehört. Das war ich überhaupt
nicht von meinem Verlobten gewöhnt. Vielleicht
lag ihm ja doch nichts an mir, verfing ich mich immer mehr in meinen düsteren Gedanken. Vielleicht hatte er sich von seinen Eltern beeinflussen
lassen. Unschlüssig begab ich mich ins Wohnzimmer, ließ mich auf den nächstbesten Stuhl fallen
und schlug die Hände vors Gesicht, als mich das
schrille Klingeln an der Haustür wieder hochschre-
cken ließ. Ich eilte zum Eingang, dachte noch, dass
Raphael doch einen Schlüssel habe und riss die
Tür auf. Aber es war nicht mein Freund, sondern
meine beste Freundin Britta. Sie stürmte herein
und drückte mich wortlos an sich. Verwirrt schob
ich sie etwas von mir weg und fragte: »Was ist
los? Ist etwas passiert?«
Fassungslos schaute meine Besucherin mich an
und stellte leise fest: »Du weißt es also noch gar
nicht.«
»Was denn?«, wollte ich jetzt etwas panisch geworden wissen.
Aber Britta schob mich erst einmal nach nebenan
und drückte mich auf die Couch.

»Raphael hatte gestern einen schweren Autoun-fall und liegt im Koma«, flüsterte sie kaum hörbar. Zuerst begann alles um mich herum zu schwanken und ich meinte, es würde mir den Boden unter den Füßen wegziehen. Dann kam eine heftige Wut auf Karin und Günther in mir auf. Warum informierten die mich nicht?

»Woher weißt du das?«

»Von Nele. Als er gestern nicht zum monatlichen Stammtisch gekommen war und sie ihn telefonisch nicht erreichen konnte, hat sie versucht seine Eltern anzurufen. Das war ihr zwar nicht gelungen, aber nachdem sie eine Nachricht auf dem Anrufbeantworter hinterlassen hatte, rief sein Vater gegen Mitternacht zurück.«

Ich sprang auf, schnappte meinen Mantel und fragte tonlos: »In welchem Krankenhaus liegt er?«

»Im Charité«, kam die Antwort. »Aber ich lasse dich in diesem Zustand nicht am Straßenverkehr teilnehmen. Ich fahre dich.«

Dankbar nickte ich und wir verließen schweigend das Haus.

Auf der entsprechenden Station angekommen, sah ich am Ende des Ganges Raphaels Mutter stehen. Mit wackeligen Beinen ging ich auf sie zu. Als ich fast bei ihr angekommen war, zeigte sie mit

ausgestrecktem Arm auf mich und sagte zornig:
»Und du gehst nicht zu meinem Sohn. Schließlich
liegt er nur wegen dir hier, weil er dich mit dem
Auto überall gesucht hat und bei dem Regen von
der Straße abgekommen ist. Mach, dass du nach
Hause kommst. Lass dich hier nie mehr blicken
und verschwinde aus unserem Leben.«

Der Flur verschwamm mir vor den Augen. Das
hatte ich nicht gewollt. Hätte ich doch bloß Brittas
Angebot angenommen und mich hierher von ihr
begleiten lassen. Nun saß sie draußen im Auto
und wartete dort auf mich. Ich konnte meine Tränen nicht zurückhalten und bettelte: »Bitte lassen
Sie mich zu Raphael.«

»Niemals«, wollte Karin weiterkeifen, als eine
Krankenschwester durch die Glastür kam und mit
strengem Blick sagte: »Ich bitte um Ruhe. Hinter
dieser Tür befindet sich die Intensivstation und
dort sind schwerkranke Patienten. Führen Sie Ihren Streit woanders fort.«

»Natürlich«, erwiderte Karin, schaute mich bitter-
böse an und zischte: »Komm mit!«

Wie eine Marionette folgte ich ihr, als hätte ich
keinen eigenen Willen. Ich musste unter Schock
gestanden haben. Nachdem wir durch eine Tür in
ein Treppenhaus gelangten, blieb die mir so ver-
hasste Frau abrupt stehen, wandte sich mir zu und

flüsterte: »Ich möchte, dass du unseren Sohn für immer in Ruhe lässt.

Wenn du hier wegziehst und dich nie mehr bei ihm meldest, bekommst du 20 000 Euro von mir. Das ist eine Menge Geld. Du bräuchtest eine ganze Weile, um das zu verdienen. Also ich an deiner Stelle würde das Angebot annehmen.«

Mir verschlug es die Sprache. Was bildete sich diese Frau eigentlich ein. Ich ließ Karin einfach stehen, da ich gar nicht mehr in der Lage war, ihr weiterhin ins Gesicht zu sehen. Nachdem sich die Glastür des Krankenhauses automatisch geöffnet hatte, floh ich halb blind ins Freie. Vor lauter Tränen konnte ich meine Umgebung nur vage wahrnehmen. Da kam zum Glück schon Britta auf mich zu. Sie hatte sich Sorgen gemacht und deshalb direkt vor dem Eingang auf mich gewartet. Als meine Freundin sah, in welchem Zustand ich mich befand, nahm sie mich tröstend in die Arme und sprach beruhigend auf mich ein. Erst viel später, als wir im Auto saßen, war ich in der Lage ihr zu berichten, was ich gerade erlebt hatte. Fassungslos schaute sie mich an und meinte: »Unglaublich. Das musst du dir nicht gefallen lassen.«

»Aber darum geht es doch überhaupt nicht. Wenn Raphaels Eltern nicht wollen, dass ich zu ihm kann, dann habe ich keine Chance. Wir sind schließlich nicht verheiratet.«

»Das glaube ich nicht. Du solltest einfach abwarten. Die beiden gehen schließlich auch mal nach Hause. Dann klingelst du an der Intensivstation, sagst, dass du zu deinem Verlobten möchtest, zeigst deinen Ring und du wirst sehen, es wird keine Probleme geben.«

Zweifelnd schaute ich sie an. Plötzlich fiel mir siedend heiß meine Verabredung heute Abend ein. Da musste ich hin, schließlich ging es da um einige Tausend Euro. Als ich das meiner Freundin erklärte, sah sie mich besorgt an.

»Was soll denn das für eine Arbeit sein, wo du dich um 22 Uhr vorstellen sollst?«

»Das ist kein Job, das ist eine Medikamentenstudie, vollkommen legal und ungefährlich. Der Arzt, der die Studie leitet, hat einfach früher keine Zeit. Es geht da nur um irgendwelche Vitamine.«

Ich spürte, dass Britta das nicht so recht glauben wollte. Skeptisch fragte sie: »Und in welcher Klinik findet das Gespräch statt?«

»Darüber darf ich nicht sprechen.«

Britta winkte ab und seufzte. »Du musst wissen, was du tust. Ich fahre dich nach Hause.«

Dankbar nickte ich und lehnte mich erschöpft auf dem Autositz zurück. Wir sprachen nicht mehr viel miteinander, schließlich stieg ich vor meinem Wohnhaus aus, eilte nach oben um mich schnell frisch zu machen und andere Kleidung anzuziehen.

An der mir genannten Klinik angekommen, hatte ich kaum Zeit, mich in der schlecht beleuchteten Straße zu orientieren, als schon ein Mann auf mich zukam.

»Hi, ich bin Dr. Bauer. Sie sind sicher Gabriele Seifert. Stimmt´s?«

Verwirrt durch diese saloppe Begrüßung hier auf der Straße schaute ich ihn an und nickte.

»Dann kommen Sie doch gleich mal mit«, sprach er, ohne mich zu Wort kommen zu lassen und ging über den Hof, der anscheinend zu einer Hintertür führte. In der Annahme, dass ich ihm folgen würde, drehte er sich kein einziges Mal mehr um. Die Situation kam mir mehr als seltsam vor. Im Nachhinein fragte ich mich, warum ich nicht spätestens zu diesem Zeitpunkt umgekehrt war. Ich konnte es mir nicht erklären, denn im Allgemeinen war ich kein naiver Mensch. Vor allem dachte ich noch, dass so ungepflegt, wie der Typ aussah, er gewiss kein Arzt sein konnte. In diesem Moment kam mir auch die späte Uhrzeit komisch vor. An der Tür, die anscheinend in den Keller der Klinik führte, drehte er sich zu mir um.

»Ich bin eigentlich wegen einer Medikamenten- studie hier. Bin ich da bei Ihnen überhaupt rich- tig? Oder muss ich vorne zum Haupteingang hin- eingehen?«, fragte ich zögernd.

»Sie sind vollkommen richtig«, antwortete er mit der leichten Andeutung eines Lächelns.

Was war das doch für ein unsympathischer Mensch, stellte ich fest.

»Um diese Zeit ist der Eingang geschlossen und wird nur noch für Notfälle geöffnet«, fuhr Dr. Bauer fort.

»Ach so«, äußerte ich mich zaghaft. Da mir diese Erklärung glaubwürdig erschien, folgte ich ihm. Hatte ich doch nur auf mein Gefühl gehört und umgehend kehrtgemacht. So aber saß ich einige Minuten später an einem alten Holztisch dem Arzt gegenüber. Nachdem er einige Papiere zum Un- terschreiben vor mir abgelegt hatte, meinte er: »Lesen Sie sich alles durch und unterschreiben Sie, dass Sie einverstanden sind, an der Medika- mentenstudie, die nur aus Vitaminpillen besteht, teilzunehmen. Mehr steht da auch nicht drin. Das ist nur wegen Ihrem Versicherungsschutz.«

Beruhigt, dass ich auch versichert sein würde, be- gann ich die Blätter zu überfliegen. Bauer war in- zwischen aufgestanden, ging an meinem Platz vorbei und machte sich, so wie es sich anhörte, an einem der Regale hinter mir zu schaffen. Ich beschloss, nicht alles durchzulesen, sondern einfach zu unterschreiben, als ich bemerkte, dass der Doktor sich direkt hinter mir befand. Gerade als ich mich umdrehen wollte, spürte ich nur noch einen Piks an meinem Hals und dann wurde alles dunkel.....

Karin

Jetzt waren schon zwei Tage seit dem Unfall vergangen. Ich saß am Bett meines Sohnes auf der Intensivstation und streichelte unentwegt über seine Hand, als ob ich ihn dadurch aufwecken könnte. Was natürlich Blödsinn war, da er künstlich beatmet wurde und in einen tiefen Schlaf gelegt worden war, damit sein Körper sich erholen konnte. So hatten die Ärzte es mir erklärt. Eigentlich hatte ich dieses Wissen ja selbst, schließlich war ich mit einem Arzt verheiratet, aber, wenn man selbst betroffen ist, kann man einfach nicht mehr richtig denken. Morgen würden sie langsam mit der Beatmung zurückgehen und ihn aufwachen lassen. Dann konnte man erst sehen, wie es ihm ginge und ob er bleibende Schäden zurückbehalten würde.

Wenn ich an Gabriele dachte, wurde mir ganz flau im Magen. Aber ich redete mir ein, richtig gehandelt zu haben. Mein Sohn hatte etwas Besseres verdient. Aber was würde Raphael sagen, wenn er wach wird und sie nicht da war. Erneut kamen Zweifel in mir auf. Doch schließlich hatte die sich nicht mehr gemeldet. Da konnte ihr ja nichts an ihm liegen, redete ich mir gut zu. Aber komisch war es schon, dass sie so gar kein Interesse mehr zeigte. Eigentlich dachte ich, sie würde das Geld annehmen. Und wenn nicht, dass sie dann weiterhin versuchen würde, ihn zu besuchen. Aber nichts dergleichen war passiert. Das wunderte mich etwas. Aber allzu viele Gedanken hatte ich mir darüber nicht gemacht, bis gestern schließlich Gabrieles Mutter angerufen und nach ihrer Tochter gefragt hatte. Frau Seifert war außer sich gewesen, weil ihre Tochter angeblich verschwunden sei. Als ich ihr dann gesagt habe, dass diese sich bestimmt irgendwo vergnügen würde und ich im Moment andere Sorgen hätte, hatte sie einfach wortlos das Gespräch beendet. Wie unhöflich. Aber da sah man mal, dass die ganze Familie einfach keine Manieren hatte. Nein, das wäre keine Frau für Raphael gewesen. Ich hatte richtig gehandelt. Aber wo steckte dieses Weib jetzt ohne Geld? Wahrscheinlich hat die sich einem anderen reichen Mann an den Hals geworfen, beruhigte ich mein Gewissen. Aber die Zweifel bohrten weiter an mir. Gabriele hätte dann ja trotzdem das Geld nehmen können, auch, wenn ihr mein Sohn gleichgültig war. Meine harte Fassade, die ich mir in den letzten Monaten aufgebaut hatte, begann zu bröckeln. Wann war ich so geworden, wie ich jetzt war? Einen Moment sah ich mich als eine gefrustete, unzufriedene Frau, aber sogleich überkam mich wieder tiefes Selbstmitleid. Schließlich hatte ich es nicht leicht. Mein Mann trug mich schon lange nicht mehr auf Händen, nein im Gegenteil, ich war mir sicher, dass er eine Geliebte hatte. So langsam sah ich meine Felle davonschwimmen. Er hatte zwar schon oft Affären gehabt, aber dieses Mal schien es etwas Ernsteres zu sein, das spürte ich ganz deutlich. Ich musste also tatsächlich Angst um meine Existenz haben.

Günther riss mich aus meinen trüben Gedanken, als er das Zimmer betrat und fragte: »Was ist eigentlich mit Raphaels Freundin? Warum kommt sie nicht?«

Ich konnte ihm nicht in die Augen schauen, als ich antwortete: »Keine Ahnung. Ich habe doch gleich gesagt, dass ihr nichts an unserem Sohn liegt.«

Als mein Mann mich zweifelnd ansah, sprang ich auf: »Bleibst du jetzt hier? Dann gehe ich kurz einen Kaffee trinken.«

Er nickte und erwiderte: »Du kannst aber auch nach Hause gehen. Wir können im Moment sowieso nichts an der Situation ändern. Schlafe dich lieber richtig aus, damit du morgen fit bist, wenn er aufwacht. Ich bleibe noch eine Weile hier.«

Ich schüttelte den Kopf und verließ wortlos die Krankenstation, um in der Cafeteria etwas zu trinken. Zu Hause würde mir nur die Decke auf den Kopf fallen und ich müsste noch mehr grübeln.

Gabriele

Als ich aufwachte, wollte ich mich wie gewohnt aus dem Bett schwingen, als ich bemerkte, dass irgendetwas mit mir nicht stimmte. Meine Beine wollten mir nicht gehorchen und ich fühlte mich sehr schwach. Es gelang mir auch nicht sofort die Augen zu öffnen. Da hörte ich auf einmal mir völlig unbekannte Stimmen.

»So was darf nicht noch einmal passieren.«

»Ja, es tut mir leid, aber jetzt ist es nun einmal so und ich kann es nicht ändern. Außerdem war das nicht meine Schuld«, erwiderte, so wie es sich anhörte, ein jüngerer Mann.

»Das nächste Mal darf sie nicht mehr aufwachen, merk dir das, Mike.«

In diesem Moment wurde mir klar, dass ich mich, wo auch immer ich hier war, in allergrößter Gefahr befand. Wenn ich mir auch nicht erklären konnte, wo ich hier lag. In meinem eigenen Bett war es auf jeden Fall nicht. Panik kam in mir auf und ich öffnete ganz kurz meine Augen. Es reichte gerade, um die Umgebung wahrzunehmen, da öffnete sich auch schon die Tür. Ich lag mitten in einem großen, kargen Raum auf einer Art Trage, ohne Decke oder Bezug. Das erklärte auch, warum es mir so kalt war. Denn so wie es sich anfühlte, war ich nackt. Nur eine Plastikfolie war über mir ausgebreitet. An den Wänden reihten sich de-ckenhohe Regale, die zum Teil gefüllt waren. Wer den Raum betrat, konnte ich nicht mehr erken-nen, da ich zu meinem Schutz die Augen schon wieder geschlossen hatte. Anhand der Stimmen konnte ich die zwei Männer ausmachen, die ich auch zuvor schon miteinander sprechen gehört hatte. Ich hoffte nur, dass ich nicht vor lauter Angst verraten würde, dass ich wach war. So lang-sam kam die Erinnerung zurück, was meine Panik noch mehr verstärkte. Ich musste meine ganze Selbstbeherrschung aufwenden, um mich nicht zu bewegen. Verdammt, jetzt kratzte es mich auch noch im Hals. Verzweifelt versuchte ich den Hus-tenreiz zu unterdrücken. Als ich meinte, es nicht mehr aushalten zu können, hörte ich, dass die Tür wieder geöffnet wurde und die Schritte sich ent-fernten. Hoffentlich waren die Männer weg. Ich öffnete die Augen und hustete. Dann bemerkte ich entsetzt, dass vor meinem Bett einer der Män-ner stand. Es hatte also nur einer den Raum ver-lassen. Zunächst verschlug es mir die Sprache, denn dieser Typ sah genauso aus, wie ich mir mei-nen Traummann schon immer vorgestellt hatte. Also, das genaue Gegenteil von Raphael. Dass ich mich in ihn verliebt hatte, konnte ich bis heute nicht nachvollziehen, denn er entsprach eigent-lich nicht meinem Männergeschmack. Dieser

Mensch vor meinem Bett, wenn man die Pritsche, auf der ich lag, so nennen konnte, war groß, muskulös und hatte einen kurzen Stoppelhaarschnitt. Vor allem war er blond. Raphael war der einzige dunkelhaarige Mann, auf den ich mich mit meinen dreißig Jahren jemals eingelassen hatte.

Nach der ersten Überraschung meldete sich die Panik wieder. Ich begann zu zittern und presste hervor: »Wo bin ich?« Außerdem war es mir sehr peinlich, dass ich unter der durchsichtigen Folie keine Kleidung anhatte. Aber darüber konnte ich mir nicht lange Gedanken machen, denn ich spürte instinktiv, dass ich hier vielleicht nie mehr lebend herauskommen würde.

Grimmig schaute der Traummann mich an und nach einer gefühlten Ewigkeit sagte er: »Ich hole Ihnen erst einmal eine Decke. Sie frieren ja.«

Als er zurückkehrte, die Folie wegzog und mich mit einem großen weißen Betttuch zudeckte, begann ich einen neuen Versuch: »Was ist passiert? Ich wollte doch nur an einer Medikamentenstudie teilnehmen und nun liege ich hier. Nackt und anscheinend war ich ohne Bewusstsein. Das....«

»Psst«, unterbrach mich der Fremde. »Sie befinden sich in Lebensgefahr. Es ist ein Wunder, dass Sie überhaupt noch am Leben sind. Mehr kann ich Ihnen im Moment nicht sagen. Aber seien Sie um Himmels willen leise.«

Plötzlich bemerkte ich, dass mir schwarz vor den Augen wurde…….

Raphael

Was war los? Wo war ich? Ich hörte Stimmen, aber sie hörten sich sehr weit weg an. Mein Vater sagte: »Jetzt erkläre mir mal, wo Gabriele abgeblieben ist. Es kann doch nicht sein, dass es ihr egal ist, wie es unserem Sohn geht.«

»Warum fragst du das mich? Ich habe keine Ahnung«, erkannte ich die Stimme meiner Mutter. Ich versuchte meine Augen zu öffnen, was mir aber nicht leichtfiel. Als ich es endlich geschafft hatte, sah der Raum, in dem ich mich befand, riesig aus. Ganz weit entfernt sah ich verschwommen meine Eltern.

»Wo ist Gabi«, presste ich hervor.

»Schau Günther, er ist wach«, rief Karin entzückt aus.

»Tatsächlich«, erwiderte dieser.

Beide eilten auf mich zu. Nun konnte ich sie auch klarer erkennen und der Raum war plötzlich auch nicht mehr so groß. Langsam normalisierte sich alles. Nur flackerten noch ein paar silberne Pünktchen vor meinen Augen auf und ab. Das schob ich auf meinen Kreislauf. Inzwischen war mir auch klargeworden, dass ich mich in einem Krankenhaus befand.

»Was ist mit mir?«, wollte ich wissen.

Meine Mutter fand als erste ihre Sprache wieder.
»Du hattest einen Unfall, als du Gabriele suchen
wolltest. Erinnerst du dich?«

Ganz langsam kam die Erinnerung zurück. Mein
Vater war in der Zwischenzeit schon hinausge-
stürmt, um den behandelnden Arzt zu suchen.
Nun betraten die beiden das Krankenzimmer.

Dr. Sturm war sehr erfreut, nachdem er meine Re-
flexe getestet und ich ungeduldig seine Fragen be-
antwortet hatte.

Schließlich interessierte mich nur, wo meine Verlobte war.

»Sehr schön«, stellte der Doktor fest. »So wie es
aussieht, werden wohl keine bleibenden Schäden
zurückbleiben. Ich lasse Sie jetzt mal wieder allein,
aber bleiben Sie bitte nicht mehr allzu lange. Ihr
Sohn braucht noch viel Ruhe«, damit wandte er
sich an meine Eltern und schloss leise die Tür hinter sich.

»Könnt ihr mir vielleicht endlich sagen, wo sich
Gabriele befindet?« Meine Stimme hörte sich
noch ziemlich heiser an.

Meine Mutter senkte den Blick und mein Vater
antwortete zögernd: »Ich weiß es nicht. Wir haben sie hier noch nicht gesehen. Stimmt´s?«

Dabei schaute er meine Mutter, wie es mir schien,
drohend an.

»Nein«, erwiderte diese zögernd.

Irgendwie kam mir die ganze Situation und das Verhalten der beiden seltsam vor. Aber ich war zu erschöpft, um mir darüber weiterhin Gedanken zu machen. Ich konnte nichts dagegen tun, ich war einfach nicht in der Lage, mich länger wachzuhalten.

Als ich wieder erwachte, war ich allein im Zimmer. Aber in meinem Kopf war alles noch wirr und unklar, so dass ich alle weiteren Gedanken auf den nächsten Tag verschob. Die darauffolgende Nacht kam mir sehr unwirklich vor, da ich zwischen Traum und Wirklichkeit nicht richtig unterscheiden konnte. Erst am nächsten Tag wurde mir die schockierende Wahrheit bewusst, dass meine Verlobte verschwunden war.

Drei Wochen später

Karin

Missmutig saß ich in meinem Ruheraum, auf den ich von Anfang an bestanden hatte, als wir vor zwanzig Jahren in dieses Haus eingezogen waren. Auf meiner Relaxliege konnte ich keine Ruhe finden, deshalb lief ich unruhig auf und ab. Seit zwei Wochen war unser Sohn nun wieder zu Hause und es ging ihm kein bisschen besser. Im Gegenteil, es schien, als würde er immer mehr abbauen. Mein Gewissen erdrückte mich beinahe. Raphael schien sehr unter dem Verlust seiner Freundin zu leiden. Eigentlich musste ich mir ja keine Gedanken machen, versuchte ich mich zu beruhigen, schließlich hat Gabriele das Geld, das ich ihr angeboten hatte, nicht angenommen. Aber wo steckte sie dann nur? Inzwischen war ich soweit, dass ich die Frau mit offenen Armen aufnehmen würde, wenn sie nur erscheinen würde. Mir wurde langsam klar, dass meine Ehe sowieso am Ende war. Aber selbst bei einer Scheidung könnte ich ein gutes Leben führen und müsste keine Geldnot leiden. Nachdem mir das klar geworden war, sah ich eigentlich keinen Grund mehr, meinen Sohn bei seiner Partnerwahl zu beeinflussen. Nachdenklich starrte ich die pastellfarbene Blumentapete an, mit der die Wand ums Fenster herum tapeziert war. Und plötzlich wusste ich, was ich zu tun hatte. Ich musste meinem Sohn beichten, was ich getan hatte. Auch wenn ich ihn dadurch verlieren würde. Ausziehen würde er sowieso. »Aber ich wahrscheinlich auch bald«, murmelte ich vor mich hin. Vielleicht kann mir Raphael irgendwann verzeihen, sinnierte ich weiter und riss entschlossen die Tür auf.

Langsam stieg ich die Wendeltreppe ins obere Stockwerk hinauf. Dort befand sich das Reich unseres Sohnes. Das ganze Stockwerk hatte er sich nach seinem Geschmack eingerichtet. Das war bestimmt der Grund, weshalb er immer noch bei uns wohnte.

Nachdem ich geklopft hatte, vernahm ich zunächst nichts. Erst nach dem zweiten Mal hörte ich ein leises „Herein".

Der Anblick von Raphael erschütterte mich erneut. Mit wirren Haaren und leerem Gesichtsausdruck starrte er mich an. Leichenblass und einige Kilo weniger, hatte er nicht mehr viel mit dem Menschen von vor dreieinhalb Wochen zu tun.

»Darf ich mich setzen?«, fragte ich zögernd.

Er nickte und ich nahm Platz auf einem Stuhl gegenüber seinem Bett, über den er achtlos seine Kleidung geworfen hatte. Er selbst legte sich in Seitenlage, den Kopf auf die Hand gestützt, und schaute mich gleichgültig an. Das änderte sich aber schnell, nachdem ich alles gebeichtet hatte.

»Du hast was?« Empört sprang er aus dem Bett.

So viel Energie hatte ich ihm im Moment gar nicht zugetraut.

»Bist du noch ganz dicht«, fuhr er mich an.

Unter seinen harten Worten musste ich mich ducken und flüsterte leise: »Es tut mir Leid und wenn ich könnte, würde ich alles rückgängig machen. Aber es ist ja gar nichts passiert. Gabriele hat das Geld nicht angenommen«, fuhr ich fort.

»Wahrscheinlich war ihre Liebe doch nicht so groß und sie lässt sich deshalb nicht mehr blicken.«

Mit vor Zorn gerötetem Gesicht zischte er mich an, indem er mit ausgestrecktem Arm auf seine Zimmertür deutete: »Geh mir aus den Augen. Jetzt ist es endgültig genug. Egal, wie das mit Gabi ausgeht, ich zieh hier aus. So schnell wie möglich.«

Bedrückt verließ ich den Raum. Es war so gekommen, wie ich befürchtet hatte. Regungslos blieb ich auf dem oberen Treppenabsatz stehen. Es waren keine zehn Minuten vergangen, da rauschte Raphael auch schon an mir vorbei.

»Wohin gehst du?«, wollte ich wissen.

»Meine Verlobte suchen«, brüllte er mich an. »Jetzt ist mir klar, warum sie sich nicht meldet.

Ich hätte schon viel früher auf sie hören und mich von euch distanzieren sollen. Besonders von dir«, fügte er noch hinzu und ließ die Haustür ins Schloss fallen.

Raphael

Wutentbrannt war ich aus dem Haus gestürmt. Aber wo sollte ich mit meiner Suche nach Gabriele beginnen? Wie mir von meinen Eltern gesagt worden war, hatte niemand eine Ahnung, wo sie sich befand. Ich selbst hatte mehrfach versucht, sie auf ihrem Handy und unter ihrer Festnetznummer zu erreichen. Das Smartphone war nie eingeschaltet und beim Telefon erklang immer nur der Anrufbeantworter. Natürlich hatte ich auch schon des öfteren vor ihrer Haustüre gestanden, aber es gab einfach kein Lebenszeichen von ihr. Es war zum Verzweifeln.

Nach kurzem Zögern entschloss ich mich, in unsere Stammkneipe zu gehen. Vielleicht hatte sie doch jemand von unseren Freunden gesehen. In den letzten vier Wochen hatte ich mich dort nicht blicken lassen und auch sonst mit niemandem von ihnen Kontakt aufgenommen, da ich an nichts Interesse hatte und einfach meine Ruhe wollte. Nur einige wenige Telefonate hatte ich geführt. In den letzten zwei Wochen hat sich schließlich auch niemand mehr bei mir gemeldet. Aber nun flammte neue Lebenskraft in mir auf, da ich wieder Hoffnung hatte, meine Verlobte zu finden. Ich konnte mir vorstellen, dass sie einfach nur von dem unverschämten Angebot meiner Mutter gekränkt war und sich deshalb vor mir und meiner Familie versteckte. Aber dann hätte sie sich ja zumindest bei ihrer Arbeitsstelle krank melden oder Urlaub nehmen müssen, kamen erneut Zweifel in mir auf. Im Bistro angekommen, schaute ich mich zunächst einmal ratlos um, weil ich kein bekanntes Gesicht entdecken konnte, aber dann sah ich die Freundin von Britta. Ihr Name fiel mir nicht mehr ein. Sie saß allein an einem großen Tisch. Wahrscheinlich wartete sie auf ihre Freunde. Zum Teil hatten wir den gleichen Freundeskreis, trafen uns aber nur gelegentlich gleichzeitig. Im Grunde bestand die Clique aus zwei Teilen. Es war vor allem Britta, die mit einigen aus der einen und einigen aus der anderen Gruppe befreundet war. Entschlossen trat ich näher und fragte: »Hallo, darf ich mich zu dir setzen? Wahrscheinlich wartest du auf Britta und die anderen. Stimmt´s?«

Erschrocken blickte sie mich an, so kam es mir auf jeden Fall vor. Sie hatte mich beim Eintreten in das Lokal nicht gesehen, weil sie gerade etwas in ihr Handy getippt hatte. Wahrscheinlich war sie nur überrascht, weil sie mich nicht erwartet hatte. Sie fing sich dann auch gleich wieder.

»Hi Raphael, na klar kannst du dich setzen. Ja, ich warte auf Britta und wer auch immer noch kommt, sonst hätte ich mir einen kleineren Tisch ausgesucht«, erklärte sie lächelnd.

Huch, sie kannte meinen Namen. Wie peinlich, dass ich nicht wusste, wie sie hieß. Wie konnte ich das nur herausbekommen, ohne sie zu fragen. Fasziniert betrachtete ich ihre reizenden Wangengrübchen, die beim Lächeln erschienen. Schnell rief ich mich zur Ordnung, schließlich war ich hier, um Gabriele zu finden und nicht, um andere Frauen zu bewundern. Nur komisch, dass mir bei den vorherigen Treffen nicht aufgefallen war, wie hübsch die Freundin von Britta war, schoss es mir durch den Kopf. Nachdem ich mich gesetzt hatte, sagte ich geradeheraus: »Entschuldige, kannst du mir bitte noch einmal deinen Namen verraten? Du musst wissen, ich hatte einen schweren Verkehrsunfall. Dabei muss mein Gedächtnis gelitten haben, sonst hätte ich nicht vergessen, wie eine so hübsche Frau heißt.« Meine Güte, was rede ich für einen Blödsinn, dachte ich noch und fuhr mir verzweifelt mit der Hand durch meine viel zu langen Haare.

Sophie

Na toll, er weiß nicht einmal meinen Namen, dachte ich traurig. »Sophie«, klärte ich ihn leise auf. Nun strahlte er mich doch tatsächlich an. Der tut ja gerade so, als ob er mich zum ersten Mal sieht, stellte ich fest. Inzwischen hatte er sich neben mich an die Längsseite des Tisches gesetzt. Verlegenes Schweigen wollte auftreten.

Ich atmete erleichtert auf, als meine beiden Freundinnen Nele und Britta auf uns zusteuerten.

»Hi Sophie«, sagten sie wie aus einem Munde. Dann meinte Britta an Raphael gewandt: »Hallo Raphael, schön dich zu sehen. Wie geht es dir? Wir haben von deinem Unfall gehört. Wo hast du denn Gabriele gelassen?«

Inzwischen hatten die Neuankömmlinge ebenfalls Platz genommen.

»Es geht mir soweit wieder gut. Allerdings habe ich keine Ahnung, wo sich meine Freundin befindet. Das ist auch der Grund, warum ich heute hier bin. Ich wollte euch fragen, ob ihr sie vielleicht in letzter Zeit gesehen habt?«

»Natürlich bin ich nicht nur deswegen hier, euch wollte ich schließlich auch mal wiedersehen«, fügte er hinzu, als er die betroffenen Gesichter seiner Gegenüber bemerkte.

Dann ist er also doch noch mit ihr zusammen, stellte ich anhand des eben Gesagten fest. Meine Laune sank dadurch beträchtlich.

Nele antwortete als erste: »Also ich habe sie seit unserem letzten Treffen nicht mehr gesehen.« Fragend schaute sie Britta an, die neben ihr saß.

Diese dachte kurz nach und erwiderte: »Stimmt, die Wochen vergehen so schnell. Ich war aber noch mit ihr im Krankenhaus, als du ihm Koma lagst. Außerdem dachte ich, dass sie sich nach deinem Unfall um dich kümmert.« Fragend und mit sichtlich schlechtem Gewissen, weil sie sich nicht mehr bei ihrer Freundin gemeldet hatte, schaute sie Raphael an.

Dieser seufzte: »Leider nein. Sie ist anscheinend spurlos verschwunden. So langsam mache ich mir wirklich Sorgen, dass ihr etwas passiert sein könnte.«

»Was soll ihr denn passiert sein?«, fragte Nele ratlos.

»Keine Ahnung…..«

»Was sagt denn die Polizei?«, wollte Britta wissen.

»Gute Frage, ich weiß noch nicht einmal, ob ihre Mutter ihr Verschwinden gemeldet hat.«

Irritiert sahen wir ihn nun alle drei an.

»Ich glaube, ich muss euch das erklären. Es hört sich natürlich seltsam an, dass ich mich bisher nicht darum gekümmert habe.«

Und dann erzählte Raphael uns die ganze Geschichte. Die Probleme mit seinen Eltern und Gabriele. Und dass seine Mutter sie beleidigt hatte. So langsam wurde mir klar, dass das der Grund war, warum seine Verlobte an diesem Abend vor ein paar Wochen hier alleine gesessen hatte. Das war wahrscheinlich die Unfallnacht gewesen. Aber wer war der Mann, der sich zu ihr gesetzt hatte? Nachdenklich ließ ich meinen Blick durch das Lokal schweifen, als ich plötzlich stutzte. Da war der Typ doch. Er erhob sich gerade und marschierte wieder auf eine Frau zu, die alleine hier war. Ich öffnete gerade meinen Mund, um Raphael darauf aufmerksam zu machen, als ich sah, dass die Blondine ihn eiskalt abblitzen ließ und der Mann ganz schnell das Bistro verließ.

»Hallo Sophie«, drang die Stimme von Nele zu mir durch. »Hast du ein Gespenst gesehen?«

»Ne..nein«, stotterte ich herum.

»Aber ich weiß, mit wem deine Freundin an diesem besagten Abend gesprochen hat«, wandte ich mich an Raphael.

Dieser zog seine Augenbrauen nach oben.

»Und wer soll das gewesen sein?«

Nachdem ich alles erzählt hatte, herrschte erst einmal Schweigen. Jeder hing seinen Gedanken nach. Schließlich fragte Raphael: »Kennst du denn den Typ?«

»Nein, ich habe ihn heute zum zweiten Mal gesehen.«

»Hättest du doch gleich was gesagt«, warf er mir vor.

Das kränkte mich doch sehr, aber ich ließ mir nichts anmerken. »Ich denke, wenn Gabriele vielleicht einem Verbrechen zum Opfer gefallen ist, dann hat der Mann eventuell etwas damit zu tun. Wir sollten die Sache vorsichtig angehen, wenn wir etwas erfahren wollen«, stellte ich zufrieden fest.

Fassungslos schauten mich meine Freudinnen an und Britta fragte: »Möchtest du etwa als Detektivin aktiv werden?«

»Warum nicht.«

»Du spinnst«, stellte Nele kopfschüttelnd fest.

Schweigend hatte Raphael unsere Unterhaltung verfolgt, schaute mich nun lange an - mir wurde schon ganz flau im Magen - und sagte schließlich: »Ich bin dabei!«

Ich strahlte ihn an und Nele meinte hysterisch: »Ihr seid ja irre. Das kann doch gefährlich werden. Ich mache da nicht mit.«

Britta schüttelte den Kopf: »Ich auch nicht.«

Der Abend endete dann damit, dass Raphael und ich einen Plan schmiedeten und die beiden anderen sich verabschiedeten und nach Hause gingen. Endlich war ich mit dem Mann meiner Träume allein. Nur leider schien er überhaupt nicht an mir interessiert zu sein. Trotzdem genoss ich den Abend, wie noch keinen zuvor.

Hauptkommissarin Maren Westphal

Als der Wecker an diesem Morgen klingelte, war ich schon längst aufgestanden. Was erstaunlich war, denn normalerweise war ich ein ziemlicher Morgenmuffel. Ich wunderte mich selbst über meinen Energieschub. Schon während der Kaffee in der Kaffeemaschine vor sich hinblubberte, hatte ich die Überreste in der Küche, die gestern Abend liegengeblieben waren, aufgeräumt. So eine Arbeitswut, was meinen Haushalt anging, gab es bei mir nur, wenn ich verliebt war. Und wie ich das war. Seit einer Ewigkeit war mir das nicht mehr passiert, denn eigentlich wollte ich keine Beziehung mehr eingehen. Bei meinem Beruf war das immer zum Scheitern verurteilt gewesen. Aber vielleicht klappte es ja mit Alex, flammte die Hoffnung in mir auf. Alexander Flemming war selbst ein Workoholiker, was also sollte da schon schiefgehen. Er arbeitete in einer großen Firma als Computerfachmann und sah blendend aus. Entsetzt riss mich ein Blick auf die Uhr aus meinen Gedanken. Es war schon 7.30 Uhr. Wenn ich pünktlich um 8 Uhr zur morgendlichen Besprechung erscheinen wollte, dann musste ich mich sehr beeilen. Denn der Berufsverkehr in Berlin war eine einzige Katastrophe. Sofort schlich sich bei mir ein schlechtes Gewissen ein, als ich an meinen Kollegen Sven Reichenbacher dachte. Dieser hatte sich im letzten Jahr, als er neu zu unserem Polizeiteam gestoßen war, unsterblich in mich verliebt. Und obwohl ich ihm klargemacht hatte, dass diese Gefühle nicht auf Gegenseitigkeit beruhten, gab er nicht auf. Ständig versuchte er mich zu überzeugen, dass er der richtige Mann für mich wäre. Vielleicht sollte ich ihm mal deutlicher sagen, dass das für mich weder jetzt noch in Zukunft in Frage käme. Aber hatte ich das nicht schon getan? Wenn ich ganz ehrlich war, hatte ich mir doch immer ein kleines Hintertürchen offengelassen. Ich fand es außerdem sehr schmeichelhaft, dass sich ein gutaussehender Mann, der immerhin fünf Jahre jünger war als ich, für mich interessierte. Aber nun gab es Alex in meinem Leben und es war nur fair, das ein für alle Mal zu klären. Ich seufzte, griff nach meiner Winterjacke und dem Schlüsselbund und verließ im Eilschritt meine neue Wohnung, die ich erst seit einem Monat gemietet hatte. Inzwischen war es schon fünfzehn Minuten vor acht und ich hatte heute keinen Blick für die schöne Grünanlage, in der sich die erst vor kurzem errichteten Mehrfamilienhäuser befanden.

Hauptkommissar und Inspektionsleiter Andreas Gerloff

Während ich die morgendliche Besprechung abhielt, schaute ich missmutig auf die nicht besetzten Stühle, die sich zwischen den Polizeibeamten aus meinem Team befanden. Vor allem störte es mich, dass Maren Westphal fehlte. Immerhin war sie meine beste Beamtin. Ich ging davon aus, dass sie jeden Moment hereinstürmen würde, denn krank gemeldet hatte sie sich nicht. Das wäre auch das erste Mal gewesen, denn zum Glück erfreute sie sich bester Gesundheit. Aber zwei andere Kollegen hatten heute Morgen angerufen und mir mitgeteilt, dass sie Grippe hätten, was im November auch nicht ungewöhnlich war. Nur verbesserte das nicht gerade meine Laune. Als ich gerade beginnen wollte die heutigen Aufgaben zu verteilen, wurde die Tür aufgerissen und Maren kam hereingestürmt.

»Entschuldigung, heute war mal wieder ein fürchterlicher Verkehr. Ich habe….«

Ich winkte ab und gab ihr zu verstehen, dass sie sich setzen solle.

Nachdem sie dann wortlos Platz genommen hatte, fuhr ich fort: »Also, wo war ich stehengeblieben? Ach ja, es geht um Organhandel.«

Dabei warf ich Maren einen vernichtenden Blick zu, damit ihr bewusst wurde, dass ich nun noch einmal von vorne anfangen musste. Ein bisschen senkte sie den Blick, aber ich wusste, dass sie das wenig beeindruckte. Ihr war klar, dass sie für mich unentbehrlich war.

»Wir sind einem Organhandelring dicht auf den Fersen. Allerdings reicht es uns nicht, die kleinen Fische zu fangen. Wir brauchen die Hauptverantwortlichen. Das bedeutet, dass wir noch nicht zuschlagen können. Das wäre zu früh, denn dann entkommen uns die wirklich Verantwortlichen. Außerdem wissen wir den Ort der Organentnahme noch nicht. Wir gehen davon aus, dass es nachts in irgendeiner Klinik hier in Berlin stattfindet. Dabei müssen die Leiter der Krankenhäuser nicht einmal involviert sein. Das alles müssen wir herausfinden. Wir müssen allerdings sehr vorsichtig sein. In den letzten Wochen sind außerdem zwei Frauen spurlos verschwunden. Es liegen in beiden Fällen keine Anzeichen für ein Verbrechen vor. Trotzdem können wir nicht ausschließen, dass sie in die Hände der Organhändler geraten sind. Unsere Nachforschungen in dieser Richtung haben nichts ergeben. Deshalb teile ich jeweils zwei von euch ein, um eine Kontrolle in verschiedenen Einrichtungen durchzuführen. Es wird voraussichtlich nichts dabei herauskommen, aber ihr müsst trotzdem Augen und Ohren offenhalten, ob euch irgendetwas verdächtig erscheint. Die Besprechung ist beendet. Heute Nachmittag setzen wir uns noch einmal kurz zusammen.«

Nun wandte ich mich an Maren und ihren Kollegen Sven Reichenbacher, der mal wieder damit beschäftigt war, seine Kollegin anzuhimmeln. »Sven und Maren, ihr bleibt bitte noch kurz hier, ich möchte noch was mit euch besprechen.«

Die anderen des Teams hatten sich bereits erhoben und zum Teil mit leisen Unterhaltungen das Besprechungszimmer verlassen. Ich wartete, bis außer meinen beiden besten Mitarbeitern niemand mehr anwesend war und setzte mich ihnen gegenüber an den weißen langen Tisch, der sich an der breiten Fensterfront befand.

»Ich möchte, dass ihr in die kleine Privatklinik nach Gatow geht. Es besteht der dringende Verdacht, dass diese Klinik etwas damit zu tun hat. Außerdem, und das sage ich nur euch beiden, ist ein Ermittler von uns Undercover unterwegs. Wer es ist, das sage ich nicht einmal euch. Da gehen wir kein Risiko ein.«

»Alles klar Chef«, erwiderte Maren forsch und Sven nickte.

Als sie das Zimmer verlassen hatten, wischte ich mir erst einmal den Schweiß von der Stirn.

Zu dieser Jahreszeit dürfte ich eigentlich nicht so schwitzen. Ich sollte vielleicht doch mal nach meinem Blutdruck schauen lassen. Ich kann einfach keinen Stress mehr ertragen und das mit noch nicht einmal fünfzig Jahren, dachte ich resigniert, bevor ich mich in mein Büro begab.

Mike

Mit gemischten Gefühlen betrat ich den Kellerraum der Klinik. Robert der Boss, Detlef und Marina waren schon anwesend und schauten mir zornig entgegen.

»Sag mal, was hast du dir dabei gedacht? Bist du Anfänger oder was?«, schrie Detlef mich wutentbrannt an.

Robert schaute mich mit zusammengekniffenen Augen an und zischte gefährlich leise: »Wer hat dich noch einmal zu uns geschickt?«

Mir brach der Schweiß aus allen Poren. Trotzdem bemühte ich mich gelassen zu bleiben. »Du weißt genau, dass ich darüber nicht sprechen darf. Mein Freund Martin hat mir das Erkennungswort mitgeteilt und mehr habe ich dazu nicht zu sagen.« Lässig ließ ich mich auf den alten Plastikstuhl fallen. Zum Glück konnte niemand von den Anwesenden sehen, dass ich Beine wie Pudding hatte. Nach einigem Murren schienen sie zu akzeptieren, dass mir die „Patientin" in einem unachtsamen Moment entkommen konnte. So ganz konnte sich Robert allerdings noch nicht beruhigen.

»Du weißt schon, dass diese Frau eine große Gefahr für uns ist. Wir müssen sie finden und beseitigen. So schnell wie möglich. Das ist deine Aufgabe. Dass das klar ist.«

»Klar, ist doch Ehrensache«, antwortete ich, froh fürs Erste aus der Schusslinie entkommen zu sein. Marina hatte die ganze Zeit nichts dazu gesagt. Ihre Aufgabe war auch nur, hier als „Krankenschwester" tätig zu sein und ansonsten am besten den Mund zu halten. Daran hielt sich die dunkelhaarige schlanke Frau auch, bei der man vor lauter Tätowierungen kaum noch Haut sah. Ich vermutete, dass sie in großer Geldnot war und deshalb diesen Job angenommen hatte. Wahrscheinlich war ihr versprochen worden, dass sie in kürzester Zeit keine Schulden mehr haben würde. Nun wandte sich Robert an Detlef: »Wie sieht's aus? Wann kommt die nächste Patientin?«

»Wir sind dran. Kann aber noch dauern«, erwiderte sein Komplize wortkarg. Daraufhin schauten sie mich alle wieder an.

»Und du kannst dich schon mal auf den Weg machen und die Schlampe suchen. Und Gnade dir, wenn du sie nicht findest.« Mit diesen Worten gab mir der Chef zu verstehen, dass ich heute hier nicht mehr erwünscht wäre.

Auf der Straße angekommen, atmete ich zunächst mehrmals tief ein und aus und zündete mir eine

Zigarette an. Das war knapp gewesen. Was sollte ich nur tun? Da war ich ja in was reingeraten. Aber was hätte ich anders machen sollen? Sie sterben lassen? Nachdenklich ging ich durch die Straßen, bis ich schließlich bei meinem geparkten Auto angekommen war. Seufzend entschloss ich mich zunächst einmal einkaufen zu gehen. Schließlich musste ich jetzt nicht nur mich, sondern nun auch Gabriele mitversorgen. Wenn sie sich schon unfreiwillig bei mir aufhielt, konnte ich die Frau schließlich nicht verhungern lassen. Sonst hätte ich ihr nicht zuvor das Leben retten und dadurch meines in Gefahr bringen müssen. Bei dem Gedanken konnte ich mir ein Lächeln nicht verkneifen. Irgendwie freute ich mich auf den Abend mit meinem ungebetenen Gast. Ich musste verrückt geworden sein. Wenn ich so weitermachen würde, wären meine Tage gezählt, das wurde mir klar. Wahrscheinlich war ich für so einen Job doch nicht der richtige Mann. Eben einfach nicht hart genug. Aber nun gab es kein Zurück mehr. Allerdings durfte mein Chef von dieser Sache nichts erfahren, sonst wäre ich bald arbeitslos. Inzwischen hatte ich den Supermarkt erreicht und versuchte mich mit dem Einkaufen abzulenken. Da mich nichts mehr entspannte als zu kochen, tätigte ich nun konzentriert meinen Einkauf und freute mich darauf.

Gabriele

Ich saß in der spartanisch eingerichteten kleinen Wohnung, in der ich eingesperrt worden war, auf dem einzigen Stuhl, der sich hier befand, und war verzweifelt. Ich kam mir wie im falschen Film vor. Ein paar Tage zuvor war die Welt doch noch in Ordnung gewesen. Wie konnte ich nur in so eine verzwickte Situation geraten. Mir war schon klar, dass ich mich selbst in diese miserable Lage gebracht hatte. Und das nur, weil ich so schnell wie möglich viel Geld verdienen wollte. Und schuld daran war nur diese bescheuerte Karin, Raphaels Mutter, weil ich ihr beweisen wollte, dass ich nicht auf ihr Geld angewiesen war. Plötzlich fing ich an, jämmerlich zu weinen. Ich sah keinen Ausweg. Ich kam hier nicht raus. Dazu kam noch, dass mein attraktiver Entführer mich total verwirrte.

Irgendwie konnte ich mir aber nicht vorstellen, dass er mir etwas antun würde. Warum sonst hätte er mich denn vor den anderen Verbrechern retten sollen? Mir war immer noch nicht klar, was die eigentlich von mir wollten. Mike, der Besitzer dieser Wohnung, der sich in der letzten Nacht in meine Träume geschlichen hatte, äußerte sich dazu nicht. Er meinte nur, dass ich mich in Lebensgefahr befunden hätte und er mich hier nun eine Weile festhalten müsse, weil die anderen - wer immer die auch sein mochten - mich sonst ganz schnell beseitigen würden. Welche Rolle er in dieser Verbrecherbande spielte, wusste ich auch nicht.

Nachdem ich in dem Keller der Klinik, in der ich mich für die Medikamentenstudie beworben hatte, wach geworden war und Mike ins Gesicht geschaut hatte, war alles recht schnell gegangen. Er hatte mir zu verstehen gegeben, dass er mir nichts tun würde und ich den Mund halten solle, hatte mir dann wortlos einen Arztkittel und die dazugehörige Hose gereicht und verlangt, dass ich mich schnell anziehen sollte. Währenddessen hatte er sich rücksichtsvoll umgedreht. Dafür war ich ihm sehr dankbar, obwohl mir das in diesem Moment auch egal gewesen wäre. Allerdings dauerte es dann doch eine ganze Weile, da mir sehr schwindelig war. Ich vermutete, dass ich, warum auch immer, eine Narkose bekommen hatte. Ich kannte dieses Gefühl von meiner früheren Blinddarmoperation. Als ich mich nach dem Ankleiden bemerkbar machte, drehte sich Mike um, stützte mich, da ich leicht schwankte und begleitete mich zur Tür. Dort verharrte er einen Moment, schob mich ein Stück zurück, öffnete die große Metalltür einen Spalt und horchte in den Gang. Als er dort keine Stimmen vernahm, ging alles ganz schnell.

Er zerrte mich zum Ausgang, holte einen Schlüssel aus der Hosentasche und schloss das Tor auf. Nachdem wir draußen waren, schloss er wieder zu und wir rannten - soweit ich das konnte - zu seinem Auto. Ich ließ mich erschöpft auf den Beifahrersitz fallen, denn mir war ganz übel vor lauter Schwäche. Schließlich landete ich in dieser Wohnung. Ich konnte nicht einmal mehr sagen, in welchem Stadtteil von Berlin sie sich befand. Ich musste vor Erschöpfung halb ohnmächtig gewesen sein. In dieser Nacht schlief ich dann tief und fest. Ich war mir nicht ganz sicher, ob mein Entführer mir ein Schlafmittel in den Tee, den er mir servierte, getan hatte. Aber vielleicht war ich auch einfach nur am Ende meiner Kräfte gewesen.

Mike erwies sich als sehr wortkarg. Aber so, wie er mich immer anschaute, hatte ich keine Angst vor ihm, im Gegenteil, ich bekam dann immer ganz weiche Knie. Das konnte doch nicht sein. Ich würde mich doch wohl nicht in meinen Entführer verlieben. »Niemals«, murmelte ich vor mich hin und erhob mich, um zum gefühlt hundertsten Mal die Wohnung abzusuchen und eine Möglichkeit zur Flucht zu finden. Die Aktion war aber wieder ergebnislos. Noch während ich die letzte Schublade in der Küche - andere Kommoden oder

Schränke gab es nicht - durchwühlte, in der Hoffnung einen Schlüssel zu finden, wurde die Haustür aufgeschlossen und Mike kam herein. Als er sah, was ich vorhatte, nahm sein Gesicht einen wütenden Gesichtsausdruck an und er kam auf mich zu. Ich wich einen Schritt zurück, bis ich mit dem Rücken an die Wand stieß. Komischerweise hatte ich auch jetzt keine Angst vor ihm. Er fasste mit festem Griff meinen Arm, schaute mich an und meinte: »Lass es gut sein. Du kommst hier nicht raus. Und glaube mir, es ist besser so für dich.«
Dann ließ er mich abrupt wieder los, drehte sich um und fing an, die Lebensmittel, die er mitgebracht hatte, aus den Taschen zu räumen. Fassungslos schaute ich zu. Der würde doch jetzt nicht zur Tagesordnung übergehen und anfangen zu kochen. Aber genau danach sah es aus.

Eine Stunde später saßen wir an seinem Esstisch aus Kiefernholz. Dieses massive Teil der Einrichtung war das einzige schöne Möbelstück in der Wohnung. Da nur ein billiger Plastikstuhl vorhanden war hatte Mike sich den Hocker aus der Küche geholt und mir die bequemere Sitzmöglichkeit überlassen. Ich war richtig überrascht, denn er hatte sich beim Kochen sehr ins Zeug gelegt. Mitten auf dem Tisch befand sich eine schwere gusseiserne Pfanne auf einem Brett, gefüllt mit gemischtem Gemüse und Kartoffelstücken. Ich musste zugeben, es roch phantastisch. Ich bemerkte, dass ich mich zunehmend entspannte. Dann rief ich mich aber zur Vernunft, ich war schließlich nicht zu meinem Vergnügen hier. Und schon gar nicht freiwillig. Zudem machte ich mir große Sorgen um meinen Verlobten. Die Ungewissheit, wie es ihm wohl ging, brachte mich fast um den Verstand. Also setzte ich wieder meine abweisende Miene auf. Auf das Essen konnte ich allerdings nicht verzichten, das brachte ich nicht fertig. Dazu war ich zu hungrig. Die Mahlzeit verlief schweigend, aber irgendwie war es keine unangenehme Stille. Und wären meine Gedanken nicht immer wieder zu Raphael gewandert, hätte man den Abend durchaus als harmonisch bezeichnen können. Aus lauter Verzweiflung hatte ich dann auch noch nach der Rotweinflasche gegriffen und mir etwas davon in mein Wasserglas gegossen. Da ich zuvor abgelehnt hatte, befand sich nur ein Weinglas auf dem Tisch. Ich wunderte mich sowieso, dass sich so etwas in diesem Haushalt, wo alles so karg war, befand. Aber anscheinend hatte Mike an allem, was mit Essen und Trinken zusammenhing, nicht gespart. Einen kurzen Moment erschien es mir, als ob er mich belustigt beobachtete, aber als ich ihm dann ins Gesicht schaute, sah er wieder vollkommen neutral aus. Wahrscheinlich hatte ich mich getäuscht.

Nach dem Essen stand ich auf, räusperte mich und überlegte mir, was ich denn sagen sollte. Konnte ich mich tatsächlich bei meinem Entführer für das leckere Essen bedanken? Die Situation kam mir mehr als seltsam vor. Als könnte er meine Gedanken lesen, meinte er: »Du brauchst dich nicht bedanken, habe ich gerne gemacht.« Nun konnte er sich ein Grinsen doch nicht verkneifen. Was fiel dem arroganten Kerl nur ein? Und warum duzte er mich überhaupt? Dabei ärgerte ich mich über die Schmetterlinge, die in meinem Bauch rumflatterten. Da ich nicht wusste, was ich sagen sollte, setzte ich mich einfach wieder, sah ihn wütend an und äußerte mich, indem ich ihn ebenfalls duzte: »Wer bist du überhaupt? Warum hältst du mich hier fest? Und was geschieht dort in der Klink?«

Nachdenklich schaute er mich an. »Das sind viele Fragen, auf die ich dir im Moment leider keine Antworten geben kann. Nur so viel, dass du gerade noch mal mit dem Leben davongekommen bist. Und damit nicht noch mehr passiert, musst du einfach ein bisschen Geduld haben. Ich kann dir aber versprechen, dass dir nichts geschehen wird. Allerdings kann ich dir nicht sagen, wie lange es dauern wird, bis ich dich gehen lassen kann.«

Fassungslos schaute ich ihn an und fragte zögernd: »Bist du so was wie ein verdeckter Ermittler?«

»Vielleicht. Aber je weniger du weißt, desto sicherer ist es. Also frag nicht so viel.« Mit diesen Worten erhob er sich abrupt und die fast schon gemütliche Stimmung war verschwunden.

Später, als ich in seinem Schlafzimmer auf dem Bett lag und mich unruhig hin und her wälzte, gingen mir tausend Gedanken durch den Kopf und ich kam nicht zur Ruhe. Zudem überlegte ich mir, dass Mike auf dem alten abgenutzten kurzen Sofa wohl kaum bequem schlafen konnte, um mich gleich darauf über meine absolut seltsamen Gedanken zu ärgern. Ich würde noch verrückt werden, wenn ich längere Zeit hierbleiben musste.

Irgendwann musste ich dann gegen Morgen doch eingeschlafen sein, denn als ich hörte, wie die Haustür ins Schloss fiel und die Augen öffnete, war es schon taghell, da ich den Rollladen nicht heruntergelassen hatte.

Günther

Ich saß nachdenklich in der Klinik vor meinem Computer. Manchmal machte es einen wirklich fertig, wenn ein Patient schon Jahre auf ein Spenderorgan wartete und sein Zustand sich immer mehr verschlechterte. Lange würde Herr Lange nicht mehr ohne eine neue Niere überleben. Er musste immer öfter zur Dialyse. Noch ganz in Gedanken versunken schrak ich auf, als laut an die Tür zu meinem Büro geklopft wurde. Das war nicht die Sekretärin, das war klar. Diese schickte auch niemanden ohne Ankündigung einfach so zu mir.

»Herein«, sagte ich zögernd, als auch schon die Tür aufgerissen wurde und eine Frau und ein Mann das Zimmer betraten.

Fragend schaute ich die hübsche blonde Frau und ihren etwas brummig blickenden Begleiter an.

»Was kann ich für Sie tun?«

»Kriminalpolizei Berlin Mitte. Mein Name ist Maren Westphal und das ist mein Kollege Herr Reichenbacher«, antwortete die kesse Kommissarin und beide zückten ihren Ausweis.

»Ich verstehe nicht......«

»Wir haben ein paar Fragen an Sie«, wurde ich unterbrochen.

Insgeheim verfluchte ich meine Sekretärin. Sie hätte mich doch vorwarnen können. Diese Störung kam mir sehr ungelegen, schließlich wollte ich gerade telefonieren, um mich zu erkundigen, wie die Chancen für meinen Patienten standen, eine Spenderniere zu bekommen. Ich muss ihr gleich nachher sagen, dass ich so ein Verhalten nicht akzeptieren kann, dachte ich verärgert.

»Und wie kann ich Ihnen da weiterhelfen?«, wollte ich wissen.

»Bei Ihnen in der Klinik werden doch Organtransplantationen durchgeführt. Ist das richtig?«, mischte sich nun der Kommissar ein.

»Ja, das stimmt, aber was hat die Polizei damit zu tun?«

»Wir wollen nur überprüfen, ob alles seine Richtigkeit hat.«

»Was soll denn da nicht richtig sein?« So langsam begann ich die Geduld zu verlieren. »Können Sie bitte mal auf den Punkt kommen? Sie stehlen mir meine kostbare Zeit«, empörte ich mich.

Nun schaute mich seine nette Kollegin beschwichtigend an. »Wir sind auch gleich wieder weg. Erklären Sie uns einfach, wie das mit der Reihenfolge der Organverteilung vor sich geht und dann lassen wir Sie auch sofort wieder in Ruhe arbeiten.«

Diesem sympathischen Lächeln konnte ich nicht widerstehen. Nachdem ich Herrn Reichenbacher einen abweisenden Blick zugeworfen hatte, erwiderte ich an seine Kollegin gewandt: »Kommen Sie mal hierher zu mir hinter meinen Schreibtisch, damit ich Ihnen das am Bildschirm besser erklären kann.«

Das ließ sich Frau Westphal nicht zweimal sagen und der Kommissar ließ sich auch nicht davon abhalten, ihr zu folgen. Ich erklärte den beiden, wie das mit Eurotransplant gehandhabt wurde und tatsächlich gaben sie sich damit zufrieden und verließen mit einem „Vielen Dank für die Information" mein Büro.

Seufzend fuhr ich mit meiner Arbeit fort, konnte mich aber nicht richtig konzentrieren. Die Besucher gingen mir nicht mehr aus dem Kopf. Was bedeutete das alles? Die gingen doch hoffentlich nicht davon aus, dass er hier illegalen Organhandel betrieb. Seufzend fuhr ich meinen Rechner herunter. Am besten ich mache Feierabend, dachte ich und entschloss mich, anstatt nach Hause zu gehen, Larissa einen Besuch abzustatten.

Raphael

Ich war auf dem Weg zum Café, in dem ich mich mit Sophie verabredet hatte. Wir hatten beschlossen, uns in Spandau zu treffen. Wir wollten nicht das Risiko eingehen, dass uns der fremde Mann, der Gabriele in unserem Bistro angesprochen hatte, dort zusammen sah. Sophie war sowieso sehr selten mit uns dort und an diesem besagten Abend mit einer Freundin unterwegs gewesen.

Da ich selbst nicht weit von Spandau entfernt arbeitete und wusste, dass Sophie dort wohnte, hatte ich diesen Treffpunkt vorgeschlagen.

Als ich mich dem kleinen Café am Ende der Nebenstraße näherte, stellte ich verwundert fest, dass ich mich auf das Treffen mit ihr freute. Sofort schlich sich ein schlechtes Gewissen bei mir ein. Schließlich war ich nicht zum Vergnügen hier. Außerdem war Gabriele bestimmt in großer Gefahr, das spürte ich ganz deutlich. Dazu kam noch, dass ich sie liebte. Warum freute ich mich denn da auf eine andere Frau? Ich stoppte das Gedankenkarussell und betrat die Räumlichkeiten, die mich mit einer angenehmen Wärme empfingen. Sophie hatte sich gleich am ersten Tisch niedergelassen, so dass ich sie nicht suchen musste. Ich begrüßte sie, indem ich ihr die Hand reichte, da es mir nicht angemessen erschien, sie zu umarmen und nahm ihr gegenüber an dem kleinen runden Tisch Platz. Wieder stellte ich fest, wie hübsch sie war. Sie trug ein enganliegendes dunkelrotes Wollkleid, das ihre schlanke Figur noch mehr betonte. Mir verschlug es kurzfristig die Sprache und ich schaute mich zur Ablenkung in der gemütlichen Lokalität um. Der Raum war nicht allzu groß. Acht Tische waren in weitem Abstand platziert. Überall lagen Tischdecken, die exakt den gleichen Farbton wie das Kleid von Sophie hatten. Zusammen mit der weißen Deko machte alles einen sehr harmonischen Eindruck. Ich wandte mich wieder meiner Begleiterin zu, räusperte mich und sagte: »Schön, dass du dir Zeit genommen hast, damit wir besprechen können, wie wir weiter vorgehen werden.« Zum wiederholten Mal musste ich meine Schuldgefühle bekämpfen, weil ich diese junge Frau in die Sache mit hineinzog. Schließlich könnte es gefährlich für sie werden. Aber es war ja ihre Idee gewesen und nicht meine, beruhigte ich mich und fuhr fort: »Was arbeitest du eigentlich? Ich weiß nur, dass du hier in der Nähe beschäftigt bist.«

»Ich bin Physiotherapeutin und in einer Praxis beschäftigt, die sich nur drei Straßen von hier entfernt befindet«, antwortete sie und strahlte mich dabei so an, dass mir ganz warm ums Herz wurde.

»Wirklich? Das ist ja super, ich könnte dringend mal eine Massage gebrauchen«, konnte ich mir nicht verkneifen zu sagen. Dann besann ich mich aber eines Besseren und lenkte das Thema in die richtige Richtung. »Aber im Moment habe ich dafür ja gar keine Zeit. Lass uns einen Plan machen.« Kurz dachte ich, dass sich Sophies Gesichtsausdruck verfinsterte, aber da hatte ich mich sicherlich getäuscht. Sie entgegnete auch sogleich: »Na klar, deshalb sind wir schließlich hier.«

»Genau. Allerdings möchte ich dich nicht in Gefahr bringen.«

»Blödsinn, ich kann schon ganz gut auf mich aufpassen.«

Da war es wieder, das bezaubernde Lächeln. Ich musste mich jetzt endlich zusammenreißen.

»Okay, und wie hast du es dir vorgestellt?«

»Ich denke, ich gehe ab jetzt jeden Abend in das Bistro. Dort kennt mich niemand, da ich nur zweimal oder dreimal dort war. Dann werde ich mich allein an einen Tisch setzen und abwarten, ob unser Fremder kommt und hoffen, dass er sich zu mir setzt. Dann bin ich gespannt, was er mir sagen wird.«

»Gut, das hört sich einfach an, aber das Ganze gefällt mir trotzdem nicht.«

»Ach was«, entgegnete Sophie mit einer wegwerfenden Handbewegung.

Als ich schwieg, meinte sie: »Hast du noch ein bisschen Zeit? Sollen wir noch was zusammen unternehmen?«

Das fehlte gerade noch. Ihre Gegenwart verunsicherte mich zunehmend. Deshalb antwortete ich: »Sorry, ich muss heute Abend noch was arbeiten.«

Bildete ich es mir nur ein? Oder blickte sie mich wirklich traurig an? Wir verabschiedeten uns dann auch recht schnell mit dem Versprechen, dass sich Sophie bei mir melden würde, sobald sie Erfolg gehabt hatte.

Maren

Wütend über das soeben Gehörte stand ich auf und lief unruhig im Besprechungszimmer des Polizeireviers auf und ab. Die Unruhe hatte mich von meinem Sitzplatz getrieben. Mein Chef Andreas Gerloff hatte soeben von einer Toten berichtet. Allem Anschein nach war sie den Tätern, nachdem man ihr eine Niere entnommen hatte, irgendwie entkommen, und letztendlich doch an den Folgen der Operation gestorben. Ich kam nur schlecht damit zurecht, zu spät zu kommen, nämlich einen Mord nicht verhindert zu haben. Natürlich war mir auch bewusst, dass immer irgendetwas passieren musste, bevor wir überhaupt zum Einsatz kamen, aber es machte mich nach wie vor fertig. Und ich fürchtete, dass sich das niemals ändern würde. Bei dem Opfer handelte es sich um eine 25-jährige Studentin, die bis jetzt noch niemand als vermisst gemeldet hatte. Nachdem die speziell für diesen Fall zusammengestellte Soko den Raum verlassen hatte, waren nur noch mein Kollege Sven Reichenbacher, mein Chef und ich anwesend. Missmutig stellte ich mich vor ihn hin und sagte: »Leider hat der Besuch in der Privatklinik nichts ergeben. Alles kam mir seriös und legal vor. Also dort kommen wir, denke ich, nicht weiter.«

»Das erscheint mir auch so«, erwiderte Andreas resigniert.

»Gibt es eigentlich Neuigkeiten von unserem verdeckten Ermittler?«, mischte sich nun Sven ein.

»Leider nein.«

»Wer ist es denn überhaupt?«, machte ich den Versuch dies zu erfahren. Aber Gerloff ließ sich nicht beirren. »Das bleibt nach wie vor geheim. Es ist einfach zu gefährlich, wenn zu viele Personen davon wissen.«

»Okay«, erwiderte Sven zögernd. »Was können wir tun?«

»Ich werde noch heute mit unserem Mann sprechen und euch über die weitere Vorgehensweise berichten. Inzwischen haltet mal den Chef der kleinen Klinik im Auge. Er gehört immer noch zum Kreise der Verdächtigen, die mit der Sache etwas zu tun haben könnten«, ordnete der Chef an.

»Alles klar.« Unzufrieden verließ ich mit meinem Kollegen das Revier.

Draußen angekommen blieben wir unschlüssig stehen, bis Sven schließlich meinte: »Lass uns doch erst einmal einen Kaffee trinken gehen. Auf die Stunde kommt es schließlich auch nicht an. Viel können wir im Moment sowieso nicht erledigen.«

»Okay«, stimmte ich leise zu. Das war die Gelegenheit, Sven endlich klar zu machen, dass aus uns nie ein Paar werden würde und ich im Begriff war eine Beziehung mit einem anderen Mann einzugehen. Wie würde er das wohl aufnehmen? Ich seufzte, eigentlich stand mir danach jetzt gar nicht der Sinn, aber das Ganze ewig rauszuschieben brachte auch nichts. Fragend schaute mein Kollege mich an. »Alles gut bei dir?«

»Ja«, antwortete ich knapp. Schweigend stiegen wir in sein Auto und fuhren in die Innenstadt.

Eine halbe Stunde später saßen wir in einem gemütlichen Café mitten in Berlin. Nach fünf unangenehmen Minuten durchbrach mein Kollege die Stille. »Na, was brennt dir auf der Seele. Irgendwas stimmt doch nicht. Oder?«

»Ja«, seufzte ich. »Ich muss dir was sagen.«

»Ja? Dann schieß mal los.«

Warum fiel mir die Sache nur so schwer? Ich war doch sonst nicht auf den Mund gefallen.

»Ich habe mich verliebt«, sprudelte es schließlich aus mir heraus.

»Okay. Und deshalb machst du so ein Gesicht? Das muss ja die ganz große Liebe sein«, grinste Sven mich spöttisch an.

»Nun, ja, also«, druckste ich herum. »Ich dachte, wegen dem, was du mir da mal gesagt hast.«

»Was denn? Dass ich mich in dich verliebt habe? Aber das ist doch Schnee von gestern«, entgegnete er lässig.

Nun hätte ich eigentlich erleichtert sein sollen, aber irgendwie verletzte mich das auch etwas. Da machte ich mir die ganze Zeit Gedanken und für ihn war die Geschichte schon lange erledigt. Aber was hatte ich denn erwartet? Dass er nachts nicht mehr schlafen konnte? An nichts anderes mehr denken konnte? Und das für immer? Wie naiv war ich denn, schimpfte ich mit mir. Ich musste mir eingestehen, dass ich in meiner Eitelkeit gekränkt war. Schließlich zwang ich mich zu einem Lächeln, schaute meinen Kollegen an und wollte sagen, dass dann ja alles geklärt sei. Aber die Worte blieben mir im Halse stecken, denn sein Gesichtsausdruck strafte seine soeben so locker gesagten Worte Lügen. Wir tranken unseren Kaffee aus, bezahlten an der Theke und verließen eiligst das Café. Auch den restlichen Tag wollte keine richtige Unterhaltung mehr aufkommen.

Sophie

Was um alles in der Welt soll ich denn jetzt noch bestellen, überlegte ich verzweifelt. Das war jetzt schon der dritte Abend, den ich hier vergeudete. Von dem Fremden keine Spur. Ich hatte schon zwei Apfelschorle und eine Cola getrunken. Seit zwei Stunden saß ich hier und erntete neugierige Blicke. Schließlich kam es in diesem Schuppen nicht allzu oft vor, dass eine junge Frau sich hier stundenlang alleine aufhielt. Gut, der Besitzer des Bistros kannte mich, aber dienstags, mittwochs und donnerstags kam keiner meiner Freunde hierher. Stammtisch war immer nur freitags. Und schon steuerte die Bedienung, die ich hier noch nie gesehen hatte, auf meinen Tisch zu. Stirnrunzelnd sah sie mich an. »Darf es noch etwas sein?«, fragte sie mit einem Blick auf mein leeres Glas. Resigniert antwortete ich: »Die Rechnung bitte.« Draußen angekommen schaute ich unschlüssig nach allen Seiten. Als ich gerade auf die andere Straßenseite wechseln wollte, wo ich mein Auto geparkt hatte, hörte ich plötzlich eine Stimme neben mir. »Na, schöne Frau, wohin denn so eilig?« Erschrocken fuhr ich herum. Gerade eben war doch noch keine Menschenseele zu sehen gewesen. Entsetzt oder freudig, so genau wusste ich in diesem Moment nicht, wie ich mich fühlen sollte, erkannte ich den Mann, auf den ich seit drei Tagen wartete.

»Was geht Sie das an«, antwortete ich schlagfertig und fasste mich schnell wieder.

»Da haben Sie natürlich recht. Es geht mich nichts an. Sie sahen nur so nachdenklich aus.« Es schien eine richtige Wandlung in ihm vor sich gegangen zu sein. Auf einmal war er nur ein sympathischer Mensch, der einen freundlichen Eindruck machte. Keine Spur mehr von plumper Anmache. Diese Chance konnte ich mir nicht entgehen lassen.

»Ach, ja, das haben Sie richtig erkannt«, antwortete ich und signalisierte ihm, dass ich für eine Unterhaltung bereit wäre. Als der Fremde mich dann fragte, ob er mich auf einen Drink einladen dürfe, stimmte ich freudig zu. So kam es, dass ich mich unter den verwunderten Blicken sämtlicher Anwesenden erneut am selben Tisch wie zuvor niederließ. Ich bemerkte entsetzt, wie mir das Blut in den Kopf schoss. Die Leute mussten ja denken, dass ich auf Männersuche war. Bestimmt hatte ich ein knallrotes Gesicht. Aber die nächsten Worte holten mich wieder auf den Boden der Tatsachen zurück. »Was hat Sie denn so nachdenklich gestimmt?«

»Ach, ich weiß auch nicht. Ich habe so im Allgemeinen übers Leben nachgedacht.« Ich wusste nicht so genau, was ich sagen sollte, da ich keine

Ahnung hatte, was er zu hören wünschte und um was es dem Mann eigentlich ging. Ich hatte nicht das Gefühl, dass er mich abschleppen wollte. Also verhielt ich mich ganz ruhig und wartete einfach ab.

»Hm, sind Sie in einer Lebenskrise?«

»Das könnte man vielleicht so nennen«, antwortete ich zögernd.

»Beruflich oder privat?«

»Eigentlich beides.«

»Also, wenn es um das Finanzielle geht, könnte ich Ihnen vielleicht weiterhelfen.«

»Echt?«, antwortete ich zweifelnd.

»Nicht, dass Sie denken, ich möchte Ihnen etwas Unmoralisches anbieten. Nein, auf keinen Fall. Ich arbeite in der Pharmabranche und wir suchen noch ein paar wenige Probanden für eine Medikamentenstudie. Es handelt sich dabei um harmlose Vitamine. Aber damit könnten Sie in kürzester Zeit ein paar tausend Euro verdienen.«

Obwohl mir bekannt war, dass man bei seriösen Studien kein Geld, sondern höchstens Fahrgeld und Spesen erstattet bekommt, wollte ich diese einmalige Gelegenheit nicht verstreichen lassen und erwiderte: »Das hört sich doch schon mal gut an. Was muss ich tun? Wo kann ich mich da melden?«

Nachdenklich schaute er mich an und schwieg erst einmal. Mir wurde bewusst, dass er mir überhaupt nicht seinen Namen gesagt hatte, deshalb fragte ich: »Wie heißen Sie eigentlich?«

»Entschuldigung, ich habe ganz vergessen mich vorzustellen. Ich heiße Max. Wir können uns gerne duzen.«

»Okay, mein Name ist Sophie.« Mein Gefühl sagte mir, dass er mir einen falschen Namen genannt hatte.

»Also, hör zu, Sophie, die Studie schließt heute. Wir können direkt in die Klinik fahren und schauen, ob du noch mit aufgenommen werden kannst.«

»Was? Jetzt? Es ist 21 Uhr«, wunderte ich mich mit einem Blick auf die Uhr.

»Klar, das stimmt, aber ich habe gute Beziehungen in der Firma und wenn, dann klappt es nur noch heute. Aber wenn du nicht magst....« Max machte Anstalten sich zu erheben. Da ich schon meine Felle davonschwimmen sah, sagte ich schnell, ohne weiter nachzudenken: »Nein, kein Problem. Ich habe heute Abend nichts mehr vor und komme gerne mit.«

Lächelnd setzte er sich wieder. Nachdem er sein Bier und ich mein Wasser ausgetrunken hatte, beglich Max die Rechnung und wir verließen das Lokal.

Zum zweiten Mal an diesem Abend draußen angekommen, erkundigte ich mich, wo ich denn nun
hinfahren sollte.

»Am besten, du fährst mit mir mit«, antwortete er
bestimmend und schob mich in Richtung seines
Autos. »Schließlich ist das schon mal ein Arbeits-
weg und das musst du nicht mit deinem Privatwa-
gen erledigen«, fügte er lächelnd hinzu.

»Aber ich muss dann ja nachher wieder zu meinem Auto kommen«, versuchte ich mich aus dieser verzwickten Lage herauszuwinden.

»Ich fahre dich natürlich anschließend zurück.«

Was sollte ich nur tun, überschlugen sich meine
Gedanken. Ich spürte, dass das Treffen erledigt
sein würde, wenn ich darauf beharren würde, mit
meinem eigenen Auto zu fahren. Dann fiel mir
Raphael ein und die Freude, ihm Neuigkeiten liefern zu können, überwog schließlich und ich ließ
mich resigniert auf den Beifahrersitz des alten Autos fallen. Max hatte mir die Tür aufgehalten, ließ
sie nun zufallen und ging auf die andere Seite, um
einzusteigen. In dieser Zeit kämpfte ich einen in-
neren Kampf, ob ich nicht doch lieber aussteigen
sollte. Mir war sehr mulmig zumute und im Nachhinein dachte ich oft, dass ich meinem Gefühl
doch lieber hätte folgen sollen. Aber es war zu
spät. Max startete den Motor, gab Gas und wir
brausten davon.

Gabriele

Was mache ich hier eigentlich, grübelte ich vor mich hin. War es denn die Möglichkeit? Ich stand in der Küche meines Entführers und überlegte mir, was ich für das Abendessen kochen könnte, um ihn zu überraschen. War ich noch bei Sinnen? Ich musste wohl zu denen gehören - mir fiel der Ausdruck dazu nicht ein - die ihrem Entführer hörig wurden, anders konnte ich mir das nicht erklären. Nun war ich schon fünf Wochen hier, ich hatte aufgehört die Tage zu zählen. Tatsächlich freute ich mich auf den Abend und war schon ganz aufgeregt. Aber auf der anderen Seite, was sollte ich auch tun? Ich musste das Beste aus der Situation machen, versuchte ich mein Verhalten zu entschuldigen. Und essen musste schließlich auch ich etwas, beschloss ich und entschied mich für eine Gemüsepfanne. Leider gab es hier nur gefrorenes Gemüse, aber besser als nichts. Dazu entdeckte ich noch etwas Reis. Seufzend machte ich mich auf die Suche nach einem Topf und einer Pfanne. Mit den Kochkünsten des Mannes, der mich hier gefangen hielt, konnte ich sowieso nicht mithalten. Jeden Abend zauberte er ein ganzes Menü aus den Zutaten, die er zuvor immer frisch eingekauft hatte. Aber ich musste ja schließlich nicht mit ihm konkurrieren, dachte ich trotzig und machte mich an die Arbeit. Bestimmt hatte ich schon ein paar Kilo zugenommen, sinnierte ich weiter. Plötzlich wurde mir bewusst, dass wir hier wie ein Paar zusammenlebten. Ohne Sex natürlich, das war ja klar. Bei dieser Vorstellung wurde mir allerdings ganz heiß und seltsam zumute. Ich würde mich doch nicht noch in ihn verlieben?

Panik kam in mir auf. Mike riss mich aus meinen Gedanken, da ich hörte, wie er die Tür aufschloss. Was machte der denn schon da? Das war doch noch viel zu früh. Um diese Zeit kam er doch nie nach Hause. Und schon kam er mit den Worten „Ich war noch gar nicht einkaufen", in die Küche, als er sich irritiert umsah. »Was gibt das denn?«, wollte er amüsiert wissen.

»Nach was sieht es denn aus?«, stellte ich provozierend die Gegenfrage.

»Du willst mich doch nicht etwa bekochen?«

»Nein, würde mir im Traum nicht einfallen, aber ich habe Hunger«, antwortete ich bissig.

»Und außerdem dachte ich mir, da du ja auch immer so gnädig für mich mitkochst, revanchiere ich mich einfach mal«, fügte ich noch beschwichtigend hinzu.

»Das ist aber nett von dir. Dann brauche ich heute nicht mehr aus dem Haus zu gehen. Das ist auch gut.« Langsam kam er auf mich zu. Mir stockte der Atem. Ich ging ein paar Schritte rückwärts, bis ich an der Küchenzeile anstieß. Was will er, fragte ich mich panisch. Sein Gesicht näherte sich meinem immer mehr. Ich spürte seinen Atem und rührte mich nicht von der Stelle. Ich hätte auch meinen Kopf nach hinten biegen können, aber ich blieb einfach nur regungslos stehen und konnte nicht mehr klar denken. Schließlich streifte er mein Gesicht mit seinen Lippen und flüsterte mir ins Ohr: »Das ist ja fast so, als ob wir ein Paar wären.« Dann drückte er mir kurz einen Kuss auf die Wange, verschwand anschließend kommentarlos im Bad und ließ mich mit klopfendem Herzen zurück. Was war das jetzt? Und warum war ich so wütend? Über mich, weil ich mich nicht gewehrt hatte? Oder über ihn, weil er nicht weitergemacht, sondern stattdessen mich einfach stehengelassen hat? Oder einfach überhaupt über diese Aktion? Ich wusste es nicht. Wütend schüttete ich das Gemüse in den Kochtopf und lehnte meinen heißen Kopf gegen die kühlen Wandfliesen.

Später beim Essen verlor er kein Wort mehr über das zuvor Geschehene und ich hütete mich ebenfalls das Thema anzusprechen. Langsam beruhigte ich mich wieder. Schließlich hatte ich keinen Grund auf Mike wütend zu sein. Und ich hatte mir diese Situation schließlich auch nicht ausgesucht. Unauffällig beobachtete ich ihn. Es entging mir nicht, dass er sich bemühte, nicht das Gesicht zu verziehen. Ich war halt nicht die beste Köchin. Das war mir einfach noch nie wichtig gewesen.

»Ich sehe schon, dir schmeckt es nicht«, warf ich ihm an den Kopf.

»Doch, äh, schon, aber....«

Plötzlich mussten wir beide losprusten und die Stimmung war gelockert.

Ich nutzte die Gelegenheit, in dieser nun entspannten Atmosphäre ein anderes Thema anzusprechen. »Wie lange willst du mich eigentlich noch hier festhalten?«

Sofort verfinsterte sich seine Miene. »Das weiß ich noch nicht«, antwortet er knapp.

»Wer bist du eigentlich? Lass mich wenigstens meine Mutter anrufen. Sie wird umkommen vor Sorge.«

»Das geht leider nicht. Glaube mir, es wäre viel zu gefährlich für deine Angehörigen, wenn sie wüssten, dass es dir gut geht und du in der Nähe bist. Ich kann dir auch nicht sagen, wer ich bin. Es tut mir leid, aber du kannst mir glauben, hier bei mir wird dir nichts passieren. Schließlich habe ich dir das Leben gerettet.«

Wortlos nickte ich. Das war mir durchaus bewusst. »Aber es kann doch nicht ewig so weitergehen. Du kannst mich doch nicht monatelang hier einsperren.«

»Ich hoffe, dass es nicht mehr allzu lange dauern wird«, versuchte er mich zu beschwichtigen, erhob sich und meinte kurz angebunden: »Ich muss noch mal weg.« Keine drei Minuten später verließ er die Wohnung. Und vergaß abzuschließen. Zum zweiten Mal an diesem Tag begann mein Herz wie wild zu klopfen. Das war die Gelegenheit zum Verschwinden. Aber was dann? War ich tatsächlich in Gefahr? Was ich inzwischen wusste, war, dass diese Verbrecher meine Organe wollten und mich nach der Entnahme skrupellos beseitigt hätten. Soviel hatte Mike verraten. Also hatte ich ihm wirklich mein Leben zu verdanken. Unsicher, was ich tun sollte, erhob ich mich und ging langsam zur Eingangstür. Wenigstens einmal auf die Straße gehen, nach Luft schnappen und mir kurz die Umgebung anschauen, mehr wollte ich nicht. Was sollte dabei schon passieren? Vielleicht fand ich auch eine Gelegenheit, meine Mutter anzurufen.

Raphael

Verzweifelt bedeckte ich, mit den Ellenbogen auf den Tisch gestützt, mein Gesicht mit beiden Händen. Ich saß bei Gabrieles Mutter in deren Esszimmer. Elke Seifert hatte erneut angefangen zu schluchzen, weil sie immer noch kein Lebenzeichen von ihrer Tochter erhalten hatte. Ich hatte auch keine Idee mehr, was man noch unternehmen könnte um meine Verlobte zu finden. Als sich Elke wieder etwas beruhigt hatte, wandte sie sich fragend an mich: »Hattet ihr denn Streit, bevor Gabi verschwunden ist?«

»Nein, natürlich nicht. Ich habe dir doch schon erzählt, dass wir schon immer unsere Schwierigkeiten hatten, weil meine Eltern, also vor allem meine Mutter, Gabriele nicht akzeptieren wollten. Mir war das allerdings nicht wirklich bewusst, aber Gabi hat schon sehr darunter gelitten. Das tut mir auch unendlich leid. Ich hätte schon längst zu Hause ausziehen sollen.« Zerknirscht schaute ich Elke an und fügte leise hinzu: »Ich liebe deine Tochter doch und werde alles dran setzen sie zu finden.«

Sogleich schlichen sich Zweifel ein. Liebte ich Gabriele wirklich? Oder war es nur die Sorge, dass ihr etwas zugestoßen sein könnte? Schließlich waren wir erst seit kurzem zusammen. Und durch meine

Mutter hatten wir in dieser Zeit auch oft Streit gehabt. Schnell schob ich diese unangenehmen Gedanken von mir fort und widmete Elke wieder meine Aufmerksamkeit.

»Ich glaube ja auch nicht, dass das der Grund für ihr Verschwinden ist. Außerdem hätte sie sich dann auf jeden Fall bei mir gemeldet. Sie weiß schließlich, dass ich schon nach drei Tagen vor Sorgen umkomme, wenn ich nichts von ihr gehört habe«, gab sie zu bedenken.

Gerade als ich etwas erwidern wollte, klingelte mein Handy. Entschuldigend nickte ich ihr zu, erhob mich und nahm das Gespräch an. Es war Britta aus meiner Clique.

Ich musste nach ihren ersten Worten wohl leichenblass geworden sein, denn Gabrieles Mutter stürzte auf mich zu, packte mich am Arm und rief hysterisch: »Was ist passiert? Ist was mit Gabi?«

Ich winkte ab, beendete schnell das Telefongespräch und murmelte vor mich hin, dass ich schnell gehen müsste. Verstört sah Elke mich an, aber ich war nicht in der Lage ihr eine weitere Erklärung für mein seltsames Verhalten zu geben.

Vollkommen benebelt verließ ich die Wohnung. Auf der Straße angekommen, musste ich zunächst einmal tief Luft holen. Britta hatte mir soeben erzählt, dass Sophie seit zwei Tagen spurlos verschwunden sei. Und dass es das noch nie bei ihr gegeben hätte. Mir wurde ganz schlecht bei dem Gedanken, dass jetzt auch ihr, und dann noch durch meine Schuld, etwas passiert sein könnte. Ich hatte mich schon gewundert, dass ich nichts von ihr hörte. Zuvor hatte sie mich jeden Tag angerufen um mich auf den neuesten Stand zu bringen. Ich musste zugeben, dass ich immer sehr auf ihre Anrufe hoffte. Das war auch ein Grund, dass ich über meine Liebe zu Gabriele ins Zweifeln gekommen war. Trotzdem hatte mich die Sorge um meine Verlobte in den letzten Tagen beinahe um den Verstand gebracht. Und jetzt auch noch Sophie. Das durfte nicht sein. Was sollte ich tun? Zunächst griff ich erneut zum Telefon, um Britta noch einmal anzurufen.

Ich brauchte mehr Informationen. Außerdem wollte ich wissen, ob die Polizei schon eingeschaltet war.

»Hallo«, meldete sie sich aufgeregt nach dem dritten Klingeln.

»Hör zu Britta, am besten, ich komme kurz bei dir vorbei. Oder noch besser....warst du schon bei der Polizei?«

»Nein, aber....«

»Dann lass uns das zuerst machen. Wir treffen uns in fünfzehn Minuten im Polizeirevier Berlin Mitte. Okay?«

»Alles klar, ich komme.«

Nachdem ich das Handy wieder in die Jackenta-
sche gesteckt hatte, musste ich mich kurz an meinem Auto abstützen, weil sich alles um mich
herum zu drehen begann. Ich war doch noch nicht
ganz so fit wie vor dem Unfall, dachte ich panisch.
Gerade jetzt musste ich mich zusammenreißen,
damit die beiden Frauen rechtzeitig gerettet werden konnten. Denn daran, dass Sophie und Gabi
sich in großer Gefahr befanden, zweifelte ich nun
keine Sekunde mehr.

Mike

Ich ließ meine Zigarette auf den Boden fallen, trat sie aus und öffnete entschlossen die Kellertür der Klinik. Es kostete mich heute extreme Überwindung an der Besprechung teilzunehmen. Noch viel länger konnte ich mich nicht mehr herausreden, was Gabriele anging. Ich wusste, dass ich mich selbst in großer Gefahr befand. Aber ich musste das Spiel zu Ende spielen. Wenn es denn nur ein Spiel wäre, überlegte ich angespannt, bevor ich tief durchatmete und den sogenannten Besprechungsraum betrat. Aber wider Erwarten kümmerte sich niemand um mich. Was war passiert? Gestern war ich nicht hier gewesen. Irgendetwas musste geschehen sein. Robert, Detlef, Marina und dieser - keine Ahnung wie er hieß, denn ständig hatte er einen anderen Namen - waren anwesend und diskutierten heftig miteinander.

Robert schrie gerade in die Richtung des für mich Namenlosen: »Bist du denn von allen guten Geistern verlassen? Du kannst doch hier nicht einfach wahllos Frauen anschleppen. Wie haben im Moment gar keinen Auftrag. Schließlich können wir sie nicht umbringen und ihre Organe einfrieren. Soviel gesunden Menschenverstand müsstest sogar du haben. Nun müssen wir sie hierbehalten und ruhigstellen. Das bedeutet zusätzliche Arbeit und eine größere Gefahr aufzufliegen.«

Erst jetzt schien er mich zu bemerken und schnauzte mich wütend an: »Und du hast diese andere Tussi wahrscheinlich auch noch nicht gefunden. Oder?«

Betont lässig antwortete ich: »Nein, aber ich bin dran.«

»Ach ja, dann erzähl doch mal. Wohin führt denn deine Spur?«

Ich stutzte, war ich vielleicht aufgeflogen? Aber sogleich verwarf ich diesen Gedanken wieder. Dann hätten die mich anders empfangen. Fieberhaft überlegte ich, wie ich mich herausreden könnte. Schließlich wechselte ich einfach das Thema. »Was ist denn hier für eine Aufregung? Gibt's was Neues?« Mein Plan ging auf. Robert drehte sich weg und Detlef antwortete stattdessen: »Dieser Depp von Harald - dabei deutete er auf den Namenlosen - hat eine neue angebracht. Und das, obwohl wir gar keine brauchen.« Dabei versuchte er ein Grinsen zu unterdrücken. Ihm schien die Situation zu gefallen. Zumindest amüsierte es ihn, dass der „Chef" sich so aufregte.

Nun mischte sich Harald ein. »Ich musste sie mitbringen. Sie hat rumgeschnüffelt. Glaubt mir, die war auf mich angesetzt. Ich merke so etwas. Und so dachte ich mir, kann man doch gleich zwei Fliegen mit einer Klappe schlagen. Wir ziehen sie aus dem Verkehr und haben gleich wieder ein paar junge Organe zu verscherbeln.«

»Du Idiot!« Robert baute sich vor ihm auf. Bis jetzt haben wir immer nur Frauen ausgewählt, die niemand vermisst. Schon die Vorletzte, die entkommen ist, passte nicht in unser Schema. Aber diese hier, das geht gar nicht.« Ruhelos ging er im Raum auf und ab.

»Okay, und was passiert jetzt mit der?«, wollte ich mit klopfendem Herzen wissen.

»Du bleibst auf jeden Fall fern von ihr, sonst verschwindet die auch noch«, ordnete Robert drohend an.

»Komm«, forderte er dann Detlef auf. »Wir gehen zu ihr und zeigen der erstmal wo es langgeht, bevor wir sie ruhigstellen.«

Detlef rieb sich die Hände und meinte grinsend. »Na klar, wir können ja die Zeit nutzen und das Nützliche mit dem Angenehmen verbinden.«

»Aber lass noch was von ihr übrig. Wir brauchen sie noch«, gab der Chef zu bedenken, während sie die Tür hinter sich zufallen ließen.

Entsetzt schaute ich zuerst den beiden nach und dann in Richtung Marina und diesem Harald. Was sollte ich tun? Eine Waffe hatte ich nicht dabei, das wäre zu gefährlich gewesen und ziemlich schnell aufgeflogen. Aber ich konnte doch auch nicht einfach zusehen, wie sie das neue Opfer vergewaltigen wollten. Kurz entschlossen rannte ich hinterher.

Sophie

Verzweifelt hatte ich mich in der Ecke des Keller-
raumes auf dem Boden niedergelassen, Ich hielt
meine angezogenen Beine mit den Armen um-
schlungen, denn ich fror entsetzlich. Außerdem
war ich mit meinen Nerven am Ende. Wie konnte
ich nur so dumm gewesen sein, mich einem fremden Mann so leichtsinnig auszuliefern. Hat mich
denn meine Verliebtheit zu Raphael so blind werden lassen, dass ich die Gefahr nicht wahrgenom-
men hatte, in der ich mich befand? Ich wusste
nicht genau, wie viele Stunden vergangen waren,
aber eins war sicher, die Nacht war schon vorbei.
Dieser Max hatte auf der Autofahrt hierher nicht
mehr allzu viel geredet und mir war immer mul-
miger zumute geworden. Als ich nach dem Aussteigen einfach weglaufen wollte, war er mir
nachgerannt, hatte mich fest am Arm gepackt und
hier in diese Klink hineingezogen. Ich hatte keine
Chance gehabt zu entkommen. Der Typ war mir
körperlich haushoch überlegen und auf dieser
kleinen Nebenstraße hatte sich um diese Uhrzeit
keine Menschenseele mehr aufgehalten.
Als wir den Kellergang entlang gegangen waren,
kamen uns zwei andere Männer entgegen. Nachdem sie mich gesehen hatten, brach zunächst ein
heftiger Tumult aus. Mir war nicht klar, um was es

ging, nur, dass die beiden sehr wütend auf ihren Kumpel waren. Sie schienen nicht damit einverstanden zu sein, dass Max mich hier angeschleppt hatte. Allerdings ließen sie mich nicht zu Wort kommen. Als ich fragen wollte, ob ich nicht einfach wieder verschwinden könne, kam der Größere auf mich zu und versetzte mir eine schallende Ohrfeige. Daraufhin ergriff der andere mich brutal am Nacken, schob mich vorwärts und schleuderte mich in diesen Raum hier hinein. Seitdem hatte sich nur einmal dieser Max sehen lassen, schaute mich bedauernd an und stellte eine große Wasserflasche auf den Boden neben der Tür.

Inzwischen hatte ich diese undefinierbare Flüssigkeit, die sich darin befand, widerwillig schon fast leergetrunken und hatte nun noch zusätzlich ein fürchterliches Hungergefühl. Wie konnte ich panische Angst empfinden und trotzdem noch an Essen denken?

Hier unten sah es aus wie in einem Krankenzimmer oder einem Operationssaal. Mittendrin befand sich ein Bett, besser gesagt eine Liege, wie man sie aus Krankenhäusern kannte. So langsam dämmerte mir, mit was für einer Verbrecherbande ich es hier wahrscheinlich zu tun hatte. Bei diesen Gedanken wurde mir speiübel. Die würden doch hoffentlich nicht an meinen Organen interessiert sein? So etwas gab es doch nur in den Psychothrillern, die ich bis jetzt gelesen hatte, aber doch nicht hier direkt vor meiner Haustür. Ich konnte es nicht über mich bringen, mich von dem kalten Boden zu erheben und das Bett zu benutzen. In der Nacht, als ich von der knallharten Ohrfeige noch sehr benommen gewesen war, hatte ich einige Stunden darauf gelegen, meinte ich mich erinnern zu können. Während ich noch fieberhaft zum gefühlt tausendsten Mal überlegte, wie ich von hier fliehen könnte, hörte ich Stimmen vor der Tür. Sollte ich darüber froh sein oder lieber nicht? Während ich noch grübelte, stürmten die zwei Männer von gestern Abend herein. Schon an ihren Gesichtern konnte ich erkennen, was sie mit mir vorhatten. Ich schrie wie am Spieß. Der Große packte mich am Arm und schlug mir mit der Faust ins Gesicht. Die Lippe platzte mir auf und ein heftiger Schmerz durchfuhr meinen Kopf. Das ist mein Ende, dachte ich verzweifelt, als plötzlich ein lauter Knall ertönte und der zweite Mann zu Boden ging. Ich hatte in dem Chaos überhaupt nicht bemerkt, dass noch jemand den Raum betreten hatte. Dieser für mich vollkommen fremde Kerl hechtete nun auf meinen Angreifer zu und wollte ihm die Metallstange, die er in den Händen hielt, über den Schädel knallen. Aber dieser war schneller und drehte sich weg. Dabei verlor der Fremde das Gleichgewicht und war kurz unaufmerksam. Diesen Moment nutzte mein Peiniger, und stürzte sich auf ihn. Mit einem gezielten Griff nahm er ihn in den Schwitzkasten und drückte ihm eine Pistole, die er aus seiner Hose gezogen hatte, gegen den Hals.

»So mein Lieber, das war´s. Ich war von Anfang an misstrauisch, was dich betrifft. Mir hätte gleich klar sein müssen, dass du zur anderen Seite gehörst«, zischte er meinem vermeintlichen Retter ins Ohr.

»Bist wohl ein verdeckter Ermittler. Hä? Aber das wirst du uns alles nachher erzählen. Bevor wir dich beseitigen, meine ich natürlich. Wie kann man nur so dämlich sein? Sein Leben wegen so einer Schlampe aufs Spiel setzen. Allerdings hätte ich es auch so demnächst rausgefunden. Wie gesagt, ich hatte schon angefangen dich zu beobachten, da ich dir nicht getraut habe. Aber so ist es jetzt auch gut.«

Inzwischen hatte er sich mit dem Mann, den er in seiner Gewalt hatte, rückwärts bis zu Tür bewegt. Nun gab er ihm einen Stoß in meine Richtung, gab seinem Kumpan, der inzwischen wieder zu sich gekommen war und sich aufgerappelt hatte, ein Zeichen Richtung Tür, und verließ nach diesem den Kellerraum. Die ganze Zeit hielt er seine Waffe auf den Fremden gerichtet, so dass dieser keine Chance hatte, etwas dagegen zu unternehmen. Ich hörte, wie die Stahltür von außen verriegelt wurde.

Fassungslos hatte ich das Geschehen verfolgt. Nun drehte sich der Fremde um und sah mich an. Er war mir, obwohl er sehr grimmig schaute, auf Anhieb sympathisch und ich spürte, dass von ihm keine Gefahr ausging.

»Na super«, fluchte er. »Hätte nicht besser laufen können.«

»Wer sind Sie?«, fragte ich ihn.

»Äh, mein Name ist Mike, eigentlich heiße ich anders, aber das tut ja nichts zur Sache. Und wer sind Sie. Seit wann sind Sie hier?«, wollte er wissen.

»Sophie«, antwortete ich leise.

»Gestern hat mich ein Mann, der sich Max nannte - wenn das überhaupt sein richtiger Name ist - hierher geschleppt.«

Daraufhin ließ sich Mike oder wie auch immer er hieß, langsam an der Wand hinuntergleiten, bis er neben mir saß. Eine Weile herrschte Schweigen, dann durchbrach der Mann die Stille.

»Ich habe keine Ahnung, wie wir hier herauskommen sollen, aber vielleicht beruhigt es Sie, dass ich auf Ihrer Seite bin. Ich bin tatsächlich undercover unterwegs. Meine Tarnung musste ich leider aufgeben, um Ihnen helfen zu können. Aber ich hätte es nicht ertragen können, wenn man Ihnen etwas angetan hätte. Wahrscheinlich habe ich auch nicht das Zeug für diese Tätigkeit. Es ist das erste Mal, dass ich so etwas mache, weil bei uns im Moment Personalmangel herrscht.

Außerdem dachte ich, dass das mal eine willkommene Abwechslung in meinem zurzeit festgefahrenen Alltag sein könnte. So kann man sich täuschen«, seufzte er.

Dankbar sah ich meinen Retter an. Nicht auszudenken, wenn er nicht gekommen wäre.

»Wie heißt du denn in Wirklichkeit?«, wollte ich wissen. »Ich darf doch du sagen. Oder?«

»Klar.« Er zögerte. »Belassen wir es im Moment lieber mal bei Mike.«

Er erhob sich und suchte aufmerksam den Raum ab und nahm die Stahltür in Ansicht. Sichtlich unzufrieden mit dem Ergebnis setzte er sich wieder neben mich und meinte: »Das ist ziemlich aussichtslos.«

»Müssen wir jetzt sterben?«, fragte ich panisch, obwohl mir klar war, was für eine blöde Frage das war. Darauf konnte mir dann Mike auch keine Antwort geben.

Maren

Gedankenverloren saß ich nach der Besprechung im Gemeinschaftsbüro. Sven hatte mir gegenüber Platz genommen. Ich fühlte mich beobachtet, hob aber nicht den Kopf um zu schauen, ob er mich tatsächlich anstarrte. Als ich der Ungewissheit ein Ende bereiten wollte, kam mir der Chef zuvor, indem er die Bürotür aufriss. Erschrocken fuhr ich herum. Andreas kam schnellen Schrittes auf uns zu. Die anderen Kollegen ließen sich nicht stören, da sie wussten, dass dieser Auftritt nur uns beide betraf.

»Kommt bitte in mein Büro«, sagte er mit ernster Stimme und war auch sogleich wieder verschwunden. Ratlos sahen wir uns an. Ich nickte, Sven erhob sich und wir begaben uns umgehend in das Büro des Inspektionsleiters. Dieser ging unruhig im Raum auf und ab. Wir setzten uns an den kleinen runden Tisch, der sich in der Ecke des Raumes befand. Andreas hielt sich nicht mit langer Vorrede auf und kam gleich auf den Punkt: »Leider ist schon wieder eine junge Frau verschwunden. Sophie Ritter wurde gestern als vermisst gemeldet. Inzwischen sind wir uns auch sicher, dass Gabriele Seifert sich ebenfalls in den Händen der Verbrecherbande befinden muss. Aber zu allem Übel ist nun auch noch unser verdeckter Ermittler wie vom Erdboden verschluckt. Das kann nur bedeuten, dass er aufgeflogen ist. Es ist absolut Verlass auf diesen Mann und wenn er sich nicht meldet, dann kann das nur bedeuten….. «

»Wer ist es denn?«, wollte ich wissen. »Jetzt kannst du es uns ja sagen.«

Andreas zögerte kurz: »Kai Berger«, antwortete er schließlich.

Sven stöhnte und rieb sich mit der Hand übers Gesicht. Auch ich erschrak nach dieser Auskunft. Kai war einer unserer fähigsten Männer und wenn ihm etwas passiert war…nicht auszudenken.

Unangenehme Stille breitete sich aus. Schließlich unterbrach der Chef das Schweigen: »Wir müssen jetzt einen klaren Kopf behalten. Es hilft alles nichts. Am besten, wir vergessen im Moment mal unseren Kollegen. Wir wissen auch nicht genau, ob ihm überhaupt etwas passiert ist. Die Umstände könnten es auch verlangen, dass er im Moment nicht in der Lage ist sich zu melden, weil er sonst auffliegen würde.«

»So sehe ich das auch«, entgegnete Sven, nachdem er sich wieder gefangen hatte.

»Wir sollten jetzt umgehend nach Sophie Ritter suchen. Ich denke, dass diese Spur, wenn es denn überhaupt eine gibt, auch zu unserem Kollegen und zu Gabriele Seifert führen wird.«

Dem konnte ich nur zustimmen und so machten wir uns auf den Weg.

Unterwegs im Berliner Verkehrschaos, steckten wir zunächst einmal in der Innenstadt fest.

»Ausgerechnet Kai. Wenn der irgendwie könnte, dann würde er sich melden. Soviel steht fest.«

»Das sehe ich genauso. Aber, was mich wundert, wieso arbeitet er als verdeckter Ermittler? Der hat in diesem Bereich doch gar keine Erfahrung.«

»Das wundert mich auch. Wahrscheinlich hat Andreas ihn eingesetzt, weil die Zeit drängte und niemand sonst zur Verfügung stand. Aber meiner Meinung nach ist Kai für so etwas nicht hartgesotten genug.«

So empfand ich das auch und musste meinem Kollegen beipflichten. »Ich denke, dass der Chef sich deswegen auch genügend Vorwürfe macht«, meinte ich nachdenklich.

Endlich löste sich der Stau auf.

»Jetzt fahren wir erst einmal zu den Eltern von Sophie Ritter.«

Sven gab Gas und schaffte es gerade noch über die Kreuzung, bevor die Ampel wieder auf Rot schaltete.

Gabriele

Resigniert ließ ich mich in Mikes Schlafzimmer aufs Bett gefallen. Wut kam in mir auf. Was bildete der sich eigentlich ein. Unkontrolliert schossen mir Tränen in die Augen. Ich schluchzte hemmungslos und konnte überhaupt nicht mehr aufhören zu heulen. Ich wusste gar nicht, was schlimmer war, meine missglückte Flucht oder die Tatsache, dass Mike mich dabei erwischt hatte.

Nachdem er gestern gegangen war, hatte ich mich leise zur Tür geschlichen, ganz vorsichtig die Klinke heruntergedrückt und tatsächlich war nicht abgeschlossen gewesen. Ich hatte zu dem geöffneten Spalt herausgeschaut und der Hausgang war leer gewesen. Keine Menschenseele hatte sich dort aufgehalten. Kurz entschlossen griff ich nach meiner Jacke und wollte die Wohnung verlassen, was mir auch zunächst gelang. Aber ich war nicht weit gekommen, als mich von hinten eine kräftige Hand an der Schulter packte und herumriss. Erschrocken blickte ich in Mikes zorniges Gesicht. Er hatte mir eine Falle gestellt, weil er meine Loyalität prüfen wollte.

Es war mir peinlich, dass ich darauf reingefallen war. Aber zum Teufel, war es nicht mein gutes Recht, hier einfach zu verschwinden? Schließlich hielt er mich gegen meinen Willen fest und das mittlerweile schon eine ganze Ewigkeit. Gut, er hatte mir das Leben gerettet, aber durfte er mich deswegen einsperren, ohne mir zu sagen, warum das so wichtig war? Inzwischen war mir schon klargeworden, dass ich nur knapp um eine Organentnahme herumgekommen war. Wahrscheinlich hätten diese Typen sich auch nicht mit einer Niere begnügt, sondern mich total ausgenommen. Dann wäre ich jetzt mausetot. Ein Schauer jagte mir über den Rücken. Aber trotz allem hätte mir Mike - ich mochte ihn, sogar sehr, musste ich mir eingestehen - die Wahrheit erzählen müssen, nämlich, dass er, da war ich mir inzwischen ziemlich sicher, ein verdeckter Ermittler war. Wie er wohl in Wirklichkeit hieß, sinnierte ich weiter. Mike war bestimmt nicht sein richtiger Name. Mit einem Satz sprang ich aus dem Bett. Ich hatte doch wirklich andere Sorgen, als über den Namen meines Entführers nachzudenken.

Inzwischen machte ich mir ernsthaft Gedanken darüber, wo er wohl steckte. Seit gestern hatte ich ihn nicht mehr gesehen. Die ganze Nacht war er nicht nach Hause gekommen. Zunächst hatte ich die Vermutung, dass er mich ärgern wollte, da ich versucht hatte abzuhauen. Aber inzwischen glaubte ich das nicht mehr. So etwas passte nicht zu Mike, dachte ich versonnen. Hoffentlich war ihm nichts geschehen. Plötzlich kam Panik in mir auf. Das durfte nicht sein. Wie käme ich dann hier jemals raus? Dieser Gedanke wurde gleich verdrängt von der Angst, dass ihm etwas passiert sein könnte. Denn egal, was er dort in der Klinik für eine Rolle spielte, er gab sich schließlich mit Schwerverbrechern ab, vielleicht sogar mit der Mafia. Nachdem mir diese Erkenntnis klar vor Augen stand, begann mein Herz wie wild zu rasen. Was sollte ich nur tun? Ich konnte doch nicht tatenlos herumsitzen und heulen. Unruhig lief ich in der Wohnung herum. Raus kam ich hier nicht, die Wohnung befand sich im vierten Stock, wie ich gleich am ersten Tag, als ich aus dem Fenster geschaut hatte, sehen konnte. Und nie hörte ich auch nur einen Laut von irgendwelchen Nachbarn, als ob in diesem alten Gemäuer außer Mike niemand wohnen würde. Allerdings war die Straße, in der sich das Haus befand, nicht gerade unbewohnt. Entschlossen eilte ich zum Fenster und wollte es aufreißen, aber leider funktionierte das nicht. Entsetzt stellte ich fest, dass alles verriegelt waren. Das hatte ich vorher nie bemerkt, da Mike immer gelüftet hatte, wenn er anwesend war. Ich selbst hatte um diese kalte Jahreszeit bisher nie den Drang nach frischer Luft verspürt. Mein Herz schlug noch schneller, mein Atem ging stoßweise, die Panik verstärkte sich und mir wurde schwindelig. Womöglich war das Fenster auch noch aus Panzerglas und ich musste hier drin irgendwann verhungern und verdursten, dachte ich angstvoll. Ich musste mich beruhigen, sonst würde ich gleich umfallen. Ich versuchte verzweifelt meine Atmung unter Kontrolle zu bekommen. Nachdem ich mich etwas beruhigt hatte, griff ich kurzentschlossen nach einem Stuhl, holte aus und schlug damit mit meiner ganzen Kraft gegen die Fensterscheibe. Klirrend zersprang diese in tausend Scherben. Ich stürzte zum Fenster und stellte erneut fest, wie weit ich von der Straße und den dort vereinzelten Menschen entfernt war. Kurzentschlossen schrie ich lauthals um Hilfe. Zu diesem Zeitpunkt befand sich nur ein alter Mann dort unten und der zuckte bei meinen gellenden Schreien noch nicht einmal zusammen. Wahrscheinlich war er schwerhörig und hatte keine Hörgeräte in den Ohren. Erschwerend kam noch der Lärm der durchfahrenden Autos dazu. Zu allem Übel befanden sich nun überhaupt keine Personen mehr dort. Verzweifelt und kraftlos ließ ich mich auf den Boden gleiten, nur um sogleich wieder hochzufahren, weil ich mich in die Glasscherben gesetzt hatte. Blut sickerte durch meine Hose und der Schmerz durchzuckte mich. Auch das noch, dachte ich verzweifelt, rannte in die Küche und drückte mir das nächstbeste Küchenhandtuch auf die Wunde. Zum Verarzten hatte ich jetzt keine Zeit. Wenigstens war durch die Ablenkung und die Schmerzen meine Panik verschwunden. Ich eilte zurück zum Fenster und sah eine weitere Person unten auf dem Gehweg entlanggehen. Wieder schrie ich wie am Spieß: »Hilfe, helfen Sie mir. Ich bin hier oben eingesperrt worden.«

Zum Glück schaute die Frau nach oben in meine Richtung. Ich wollte schon aufatmen, als ich sah, dass sie nur den Kopf schüttelte und dann schnell das Weite suchte. Wo gab es denn sowas? Wut kam in mir auf. Was ist nur los mit den Menschen? Denken denn alle nur an sich? Vielleicht hat die Frau auch gedacht, dass es sich um einen Ehestreit handelt und wollte sich lieber raushalten. Das konnte natürlich sein. Verübeln konnte man es ihr nicht. Ich hatte also keine andere Wahl, als abzuwarten und zu hoffen, dass ich bald mehr Glück hatte. Nun kamen drei Jugendliche, aber dummerweise fuhren gleichzeitig zwei Autos durch die Straße und machten einen Höllenlärm. Die drei schienen mich nicht zu hören. Ich wollte mich schon resigniert abwenden, als eines der Mädchen eine ihrer Begleiterinnen anstupste und die beiden zu mir hochschauten. Aufgeregt schrie ich so laut ich konnte: »Helft mir bitte. Ich werde hier festgehalten. Ruft bitte bei der Polizei an.«

Die dritte sah inzwischen auch nach oben, dann schauten sie sich gegenseitig an und beratschlagten wahrscheinlich, was zu tun sei. Hoffentlich überlegten sie nicht, ob ich nur eine Verrückte war. Dann endlich rief das eine Mädchen: »Sind Sie sicher? Wer hält Sie denn fest?«

»Ein fremder Mann. Er ist gerade nicht da und ich habe das Fenster eingeschlagen. Bitte macht schnell, bevor er zurückkommt«, antwortete ich schreiend.

Letztendlich mussten sie zu dem Entschluss gekommen sein, dass es kein Fehler sein konnte, die Polizei zu alarmieren. Selbst, wenn ich nur eine arme Irre sein sollte, musste ja schließlich etwas unternommen werden. Eine der jungen Frauen griff also kurzentschlossen in ihre Handtasche, zog ihr Handy heraus, tippte darauf herum und hielt es ans Ohr. Nach einer ganzen Weile beendete sie das Gespräch und brüllte nach oben: »Die kommen gleich.«

»Danke«, rief ich mit letzter Kraft und setzte mich, dieses Mal aber auf das Sofa. Meine Wunde schien nicht mehr zu bluten, es konnte sich also um keine größere Verletzung handeln. Nun hieß es nur noch abzuwarten bis die Polizeibeamten mich hier herausholen würden und ich ihnen alles erzählen konnte. Plötzlich bekam ich einen regelrechten Schüttelfrost. Das mussten meine Nerven sein. Ich griff nach der Decke, die auf der Coach lag und wickelte mich ein. Da hörte ich auch schon die Sirene des Polizeiwagens. Erneut liefen mir Tränen übers Gesicht, aber dieses Mal aus purer Erleichterung.

Karin

Entsetzt sah ich aus unserem Wohnzimmerfenster, wie Raphael den Möbelpackern Anweisungen gab, welche Möbel aus dem oberen Stockwerk bei der ersten Fuhre mitgenommen werden sollten. Er hatte tatsächlich ernst gemacht und sich eine Wohnung in Berlin gemietet. Genaueres hatte er mir nicht gesagt, nur, dass er heute ausziehen würde. Inzwischen war mir klargeworden, dass alles meine Schuld war. Wie sollte ich damit nur fertigwerden. Ich liebte mein einziges Kind. Natürlich war mir schon immer klar gewesen, dass er nicht ewig hierbleiben würde, aber unter solchen Umständen hatte ich das nicht gewollt. Mir war zum Heulen zumute. Als ich mich umdrehte, bemerkte ich meinen Mann, der im Sessel saß und mich anstarrte. Eine Ehe führten wir schon lange nicht mehr. Ich musste schlucken und wollte irgendetwas sagen, aber ich wusste nicht, was. Er kam mir zuvor. »Das ist nun die Gelegenheit, dir zu sagen, dass ich dich verlassen werde. Ich habe mich in Larissa verliebt. Lange wollte ich mir das nicht eingestehen. Hier fühle ich mich nur noch unwohl. Das alles macht mich krank. Ich schlafe schon heute Nacht nicht mehr hier und hole morgen meine wichtigsten Sachen.«

Er erhob sich und verließ ohne weitere Worte das Zimmer. Mein Hals war wie zugeschnürt, kein Wort brachte ich heraus. Ich wusste, ich hatte alles vermasselt. Unfähig, einen klaren Gedanken zu fassen, ließ ich mich auf unsere neue Ledercouch fallen. Nicht einmal weinen konnte ich. Eine absolute Leere breitete sich in mir aus. Ich weiß nicht, wie lange ich so gesessen war - Günther hatte schon längst das Haus verlassen - da kam Raphael zurück. Er war in der Zwischenzeit in der neuen Wohnung gewesen und wollte zusammen mit den Männern vom Umzugsunternehmen den Rest abholen. Ich musste erbärmlich ausgesehen haben, denn er zögerte und fragte schließlich: »Ist was passiert?«

»Außer dass du ausziehst und dein Vater mich verlassen hat, ist nichts passiert«, antwortete ich. Nun war es an Raphael, mich entsetzt anzuschauen. Er setzte sich sogar neben mich. Nachdem wir uns eine Weile angeschwiegen hatten, meinte er: »Das war ja zu erwarten.«

Zunächst wollte ich ihn wütend anschreien, ob ihm nichts Besseres dazu einfallen würde, besann mich dann aber und sagte leise: »Du hast Recht. Ich habe viel falsch gemacht. Vor allem tut es mir leid, dass ich es dir und Gabriele so schwergemacht habe. Ich weiß auch nicht, was mit mir los war. Irgendwie war ich verbittert. Wahrscheinlich, weil ich instinktiv gemerkt habe, dass es in meiner Ehe kriselt. Kannst du mir verzeihen?« Fragend schaute ich meinen Sohn an. Dieser nickte und legte seine Hand auf meine Schulter. »Du hast dich zwar unmöglich benommen, aber dafür, dass Gabi verschwunden ist, kannst du nun wirklich nichts. Und ausgezogen wäre ich sowieso über kurz oder lang.«

Dankbar für diese Worte sah ich ihn an. »Wirst du mich manchmal besuchen?«

»Sicher, aber jetzt muss ich erst einmal Gabriele und Sophie finden.« Mit diesen Worten sprang er auf und wollte gehen.

»Wer um alles in der Welt ist denn Sophie?«, wollte ich wissen.

»Eine Freundin, die nun auch verschwunden ist«, erwiderte er kurz angebunden und ging eiligst nach oben. Vollkommen verwirrt blieb ich zurück. Hatte ich etwas verpasst? Wer war Sophie? Hatte ich mich denn in letzter Zeit nur mit mir selbst beschäftigt, so dass ich gar nichts mehr von meiner Umgebung mitbekommen hatte? Das musste sich ändern. Vielleicht war es gut so, dass Günther heute gegangen war. Ich musste akzeptieren, dass unsere Ehe schon längst zu Ende war. Sonst hätte mein Mann sich doch keine Geliebte genommen. Wahrscheinlich war ich deshalb so verbissen, weil ich immer unzufriedener und unglücklicher geworden war. Das konnte jetzt sogar eine Chance für mich sein, noch einmal etwas aus meinem Leben zu machen. Einfach neu anzufangen. Dieser Gedanke tröstete mich. Entschlossen erhob ich mich, ging in mein Schlafzimmer und begann meinen Kleiderschrank auszumisten, denn irgendetwas musste ich tun, um nicht verrückt zu werden. Zumindest, bis ich einen Plan hatte, wie alles weitergehen sollte.

Mike

Wie hatte so etwas nur passieren können? Was war ich doch für ein schlechter verdeckter Ermittler. Niemals hätte ich diesen Job annehmen dürfen. Dazu war ich viel zu sensibel, musste ich mir eingestehen. Aber auf der anderen Seite wollte ich schließlich nicht für den Tod von unschuldigen Menschen verantwortlich sein. Nach dieser Erkenntnis ging es mir schließlich besser, weil mir klargeworden war, dass ich gar nicht anders hätte handeln können. Natürlich wäre es sinnvoller gewesen, wenn ich die Vergewaltigung von Sophie hätte geschehen lassen und in der Hoffnung, dass die Typen sie nicht gleich umbringen würden, Hilfe geholt hätte. Aber allein dieser Gedanke ließ mich erschauern. Das wäre allerdings wahrscheinlich die einzige Chance für uns beide gewesen, hier wieder lebendig herauszukommen. So war nun leider auch die ganze Aktion gescheitert, diese Kriminellen auffliegen zu lassen, denn man konnte den Auftraggebern zurzeit noch nichts nachweisen. Das war viel zu früh.

»Aber nun müssen wir nach vorne schauen«, murmelte ich vor mich hin.

Sophie regte sich ein bisschen. Tatsächlich war sie vor lauter Erschöpfung in meinem Arm eingeschlafen. Wir saßen noch immer an die Wand gelehnt auf einer Decke, die ich in einem der Schränke gefunden hatte. Sophie hatte vorhin fürchterlich gefroren und gefragt, ob sie sich etwas an mich lehnen dürfe. Ich hatte ihr meine Jacke gegeben und den Arm um sie gelegt. Nun war sie aufgewacht und schaute mich fragend an. »Was hast du gesagt?«

»Dass wir uns etwas überlegen müssen, damit wir hier herauskommen«, antwortete ich etwas lahm, da mir das Ganze ziemlich aussichtslos erschien. Ein Funken Hoffnung schien in ihr aufzukeimen. Ich durfte sie jetzt nicht enttäuschen. Entschlossen erhob ich mich, weil mir inzwischen von der unbequemen Haltung, während Sophie schlief, mein rechtes Bein eingeschlafen war. Nachdem ich mich ausgiebig gestreckt hatte, erläuterte ich ihr meinen Plan. »Wenn wir hören, dass jemand kommt, stelle ich mich hinter die Tür. Da die natürlich damit rechnen, dass ich da bin, muss ich von dir so getarnt werden, dass man mich nicht sieht.«

Zweifelnd sah sie mich an und ich fuhr fort, indem ich auf eine große Kiste deutete, die sich rechts neben uns befand: »Wir schieben den Karton vor die Tür, so dass die annehmen müssen, wir hätten ihn mit schweren Gegenständen gefüllt, um die Tür zu verbarrikadieren. Aber in Wirklichkeit sitze

ich da drin. Dann nutze ich den Überraschungs-
moment, springe heraus und versuche die Männer zu überwältigen. Mir ist schon klar, dass mir
das nicht gelingen wird, aber währenddessen sind
sie hoffentlich so abgelenkt, dass du flüchten
kannst.«

Sophies Gesicht sprach Bände. Sicherlich meinte
sie, dass ich den Verstand verloren hatte. Das
konnte doch überhaupt nicht funktionieren,
musste ich ihr Recht geben, aber was hatten wir
denn sonst für eine Chance? Keine! Mir war schon
bewusst, dass die Männer so blöd nicht sein konnten. Ich ließ mir meine Unsicherheit nicht anmerken. Tatenlos sitzen zu bleiben ist auch keine Lösung, dachte ich resigniert.

Inspektionsleiter Andreas Gerloff

Fieberhaft überlegte ich, wie wir Kai Berger finden konnten. Ich hatte alle zuständigen Beamten zusammentrommeln lassen. In zehn Minuten würde eine Besprechung stattfinden. Die Befragung der Mutter der zweiten verschwundenen Frau hatte uns leider auch nicht weitergebracht. Es sah tatsächlich alles danach aus, dass die Vermisste dem Organhändlerring in die Hände gefallen war. Ich musste mir wie immer, wenn ich unter Strom stand, des Öfteren den Schweiß von der Stirn wischen. Vielleicht sollte ich mich doch einmal um einen Arzttermin bemühen, aber wie immer verdrängte ich diesen Gedanken und tröstete mich damit, dass ich mich darum kümmern könnte, wenn der Fall gelöst wäre.

Nur leider verschob ich solche Vorsätze grundsätzlich und plötzlich gab es dann wieder ein neues Verbrechen.

Abrupt wurde ich aus meinen Gedanken gerissen, weil die Sekretärin aufgeregt in mein Büro stürzte. Leicht verärgert fragte ich: »Was ist denn los? Kannst du nicht anklopfen?«

»Entschuldigung, ich wollte dich nicht erschrecken, aber hier ist eine Frau, die behauptet einige Tage in einer Wohnung festgehalten worden zu sein. Und zuvor hatte man ihr in einer Klinik in einem Keller Organe entnehmen wollen. Sie sieht ziemlich mitgenommen aus, also psychisch meine ich.«

Fassungslos schaute ich sie an. Ich konnte nicht glauben, was ich da soeben gehört hatte. Nachdem ich mich wieder gefasst hatte, sprang ich von meinem Stuhl auf und sagte: »Bringe die Frau bitte zu mir.«

Drei Minuten später saß mir Gabriele Seifert, wie sie sich mir vorgestellt hatte, an meinem Schreibtisch gegenüber.

»Wissen Sie denn, wo Sie eingesperrt waren? Und wer hat Sie denn entführt?«, wollte ich wissen.

»Also entführt kann man da nicht sagen. Mike hat mir das Leben gerettet…..«

»Mike?«, unterbrach ich Frau Seifert fassungslos. Das durfte doch nicht wahr sein. Dieser Idiot!

»Und wie lange waren Sie in seiner Wohnung?«

»Ungefähr fünf Wochen«, kam die prompte Antwort.

Ich konnte meinen Zorn nur mit Mühe unterdrücken. In den letzten Tagen vor dem Verschwinden unseres verdeckten Ermittlers hatte ich mehrfach mit ihm Kontakt gehabt. Keine Rede war von dieser jungen Frau gewesen, die er angeblich in seiner Wohnung versteckt gehalten hatte. Was hatte

Kai sich nur dabei gedacht? Schon längst war mir klargeworden, dass es sich bei Gabriele Seifert um unsere Vermisste handelte. Aber zugleich kam auch eine große Erleichterung in mir auf, dass sie vor mir saß und nicht, wie die erste Frau, tot aufgefunden worden war. Aber wo um alles in der Welt war Kai?

Diese Frage stellte ich ihr dann auch: »Und wo ist dieser Mike jetzt?« Für mich gab es keinen Zweifel, dass es sich bei ihm um Kai Berger handeln musste, da ich den Namen „Mike" für ihn gewählt hatte.

»Das weiß ich eben nicht. Er ist seit gestern nicht mehr nach Hause gekommen.«

Ihr musste aufgefallen sein, wie sich das angehört haben musste, da ich sie irritiert anschaute.

Nach Hause gekommen, dachte ich spöttisch, aber dann wurde mir wieder der Ernst der Lage bewusst und ich überging diese Aussage. Ich wollte gerade meine Befragung fortführen, als Frau Seifert mir zuvorkam. »Kann es sein, dass es sich bei Mike um einen verdeckten Ermittler handelt?«, wollte sie wissen.

Ich zögerte kurz, sah aber keinen Sinn darin, sie anzulügen. Deshalb nickte ich.

»Können Sie sich erinnern, wo sich diese Klinik befindet, in der sie festgehalten wurden?«

»Sicher, ich bin ja selbst dort hingefahren«, meinte sie.

»Gut, das ist das erste, was wir machen, aber erst, wenn es dunkel ist, damit Sie nicht erkannt werden.«

Ich erhob mich mit den Worten: »Ich werde alles in die Wege leiten. Bleiben Sie bitte einen Moment hier.«

»Halt, warten Sie«, hielt sie mich zurück.

»Kann ich meinen Verlobten und meine Mutter anrufen? Die machen sich bestimmt große Sorgen.«

»Tut mir leid, aber im Moment dürfen wir kein Risiko eingehen. Ich gehe davon aus, dass die Typen Sie verzweifelt suchen, wenn auch schon ein paar Tage seit Ihrer Flucht vergangen sind. Nachdem wir diese Klinik gefunden haben, dürfen Sie nach Hause gehen, allerdings mit Polizeischutz. Dort dürfen Sie sich dann auch bei Ihrer Familie melden. Aber erst dann«, ordnete ich noch bestimmend an, bevor ich den Raum verließ. Wir durften uns jetzt keinen Fehler erlauben, denn eines wurde immer klarer: Unser Mann befand sich in Lebensgefahr, wenn er denn überhaupt noch am Leben war. Ich hoffte es sehr. Schlimm genug, dass eine Frau schon tot war, ganz zu schweigen von den vielen Opfern, von denen wir nichts wussten. Mehr durfte einfach nicht passieren.

Raphael

Nachdem ich das Bistro betreten hatte, wandte ich mich direkt an den Chef, der heute ausnahmsweise selbst hinter der Theke stand.

»Hast du schon was für mich rausfinden können?« Ich hatte ihn gebeten, mich sofort zu informieren, falls der Typ, der Gabriele angesprochen und wie ich inzwischen erfahren hatte, auch mit Sophie zusammen hier etwas getrunken hatte, auftauchen würde. Er selbst kannte den Mann zwar nicht, aber seine Servicekräfte konnten sich gut erinnern. Da ich bis jetzt aber noch nichts von ihm gehört hatte, hielt ich es zu Hause nicht mehr aus. In den letzten Tagen war ich jeden Abend hier gewesen und hatte den Gästen Bilder von Gabriele und Sophie gezeigt. Aber niemand hatte sie zusammen mit einem Mann gesehen. Plötzlich unterbrach mich Ines, die neben Horst, dem Chef stand, bevor er antworten konnte.

»Doch«, stupfte sie ihn an, »der war doch vorhin da gewesen. Allerdings nur ganz kurz. Er ging einmal hier durch und war dann gleich wieder verschwunden.«

»Echt«, äußerte sich nun Horst. »Den habe ich gar nicht gesehen. Sorry.«

»Macht nichts«, beruhigte ich ihn. »In der kurzen Zeit hätte ich sowieso nicht herfliegen können.«

Resigniert seufzte ich.

»Möchtest du was trinken«, fragte mich Ines.

Ich wollte das Angebot gerade annehmen und mir eine Cola bestellen, als der Gast, der neben mir an der Bar saß, sich zu mir rüberbeugte und ins Ohr zischte: »Da kommt er gerade zur Tür herein, der Kerl, den Sie suchen.«

Verblüfft schaute ich den Mann an. Er musste das Gespräch mitangehört haben. Ich dachte mir auch, dass sowieso alle Anwesenden wussten, dass ich auf der Suche nach diesem Fremden war, denn in der Hauptsache waren es hier Stammgäste. Als ich zur Tür schaute, wurde ich blass, denn tatsächlich hatte ich genau diesen Typen auch schon vor zwei Tagen befragt. Und zwar draußen vor dem Lokal. Er war dann überhaupt nicht hineingegangen, was mich noch gewundert hatte. Auch jetzt machte er, nachdem er mich gesehen hatte, auf dem Absatz kehrt. Ich rannte ihm hinterher, konnte aber draußen niemanden mehr sehen. Es war inzwischen auch schon stockdunkel geworden. Ich wollte mich gerade umdrehen und zurückgehen, als ich zu spät bemerkte, dass sich jemand von hinten herangeschlichen hatte. Plötzlich spürte ich noch einen Stich an meinem Hals und dann nichts mehr........

Sophie

Mir brach der Schweiß aus allen Poren, als die Schritte immer näherkamen. Mike hatte sich, nachdem wir die Kiste vor die Tür geschoben hatten, so wie er es vorgeschlagen hatte, darin versteckt. Das konnte einfach nicht gutgehen. Mein Herz schlug so heftig, dass ich meinte sogleich einen Herzinfarkt zu erleiden. Was musste denn noch alles passieren? Die Türklinke wurde heruntergedrückt und ich hielt den Atem an. Ich hatte zuvor Stimmen gehört, deshalb wusste ich auch, dass es mindestens zwei Männer sein mussten. Wie erwartet, ließ sich die Tür zunächst nicht öffnen.

»Was ist das denn?«, hörte ich die Stimme des einen Mannes.

»Das gibt es doch gar nicht. Geh mal auf die Seite«, sagte der andere im Befehlston.

Dann passierte sekundenlang nichts, bis auf einmal die Tür mit einem Ruck aufgestoßen wurde. Die Typen hatten sich beide dagegen fallen lassen und nahmen sofort Kampfstellung ein. Nachdem sie mich erblickt hatten, war ihnen sofort klar, wo sich Mike befinden musste. Genauso hatte ich es mir vorgestellt. Mein Mitgefangener war inzwischen aus dem Karton gesprungen und wollte sich auf den Größeren stürzen. Der kam ihm allerdings zuvor, holte aus und versetzte Mike einen Kinnhaken. Dieser kam ins Schwanken, fing sich wieder, was ihm aber nichts nützte, denn der zweite Mann schlug ihm von hinten einen harten Gegenstand auf den Kopf. Das Geräusch, das dabei entstand, ließ mich erstarren. Er sackte sofort in sich zusammen und blieb regungslos am Boden liegen. Ich konnte nicht mehr klar denken und hörte mich nur noch wie am Spieß schreien. Wie im Nebel sah ich den Großen auf mich zukommen und spürte, wie er mich packte. Ich bemerkte noch, wie er mich über seine Schulter legte und dann war ich wahrscheinlich ohnmächtig geworden. Später konnte ich mich nicht mehr erinnern, was danach passiert war.

Als ich wieder aufwachte, befand ich mich in einem anderen Kellerraum. Ich lag auf einer Decke auf dem harten Steinboden. Vor mir auf einem Stuhl saß der kräftige Mann, von dem ich annahm, dass er Detlef hieß, da ich einmal gehört hatte, wie er von dem anderen so genannt worden war. Ich zuckte zusammen, als ich seine Stimme hörte. »He du Schlampe, so etwas machst du nicht noch einmal.«
»Was ist mit Mike«, fragte ich wimmernd. Als ich ihn zuletzt liegend auf dem Boden gesehen hatte, sah er wie tot aus.

»Der ist hinüber«, kam auch sogleich eine Antwort.

Entsetzen breitete sich in mir aus. Hätte ich mich bloß nicht auf diesen dummen Plan eingelassen. Er hätte sogar gelingen können. Keiner der Männer hatte während des Kampfes auf mich geachtet. Ich hätte vielleicht flüchten können, wenn ich nicht wie gelähmt gewesen wäre. Ich schluchzte auf. Das war alles nur meine Schuld.

»Hör mit dem Geplärre auf«, ertönte wieder die hässliche Stimme. »Ich würde es dir jetzt gerne besorgen, aber ich muss auf die Erlaubnis des Chefs warten. Kurz bevor dir deine hübschen Organe entnommen werden, gibt er mir einen Freifahrtschein. Dann kann ich mit dir machen, was ich will. Dann vergeht dir auch das dumme Geheule.«

Erneut kam Panik in mir auf. Mir wurde schlecht. Ich drehte den Kopf zur Seite und musste mich übergeben. Mein Mageninhalt breitete sich neben mir aus. Viel war es nicht, denn ich hatte in den letzten Stunden nicht allzu viel gegessen.

Abrupt erhob sich der Typ, so dass der Stuhl, auf dem er saß, umfiel. Er verzog angeekelt sein Gesicht und meinte: »Das ist ja ekelhaft«, und verließ den Raum. Weinend brach ich zusammen. Wenigstens war dieser brutale Mann jetzt erst einmal weg. Ich konnte nicht mehr aufhören zu weinen. Wenn Mike jetzt tot war, dann war sowieso alles aus. Keiner würde mich hier finden und rausholen können. Ich schlang die Arme um meinen Oberkörper und versuchte zu akzeptieren, dass ich hier unten sterben musste. Ich konnte nur hoffen, dass es schnell gehen und dieser ekelhafte Typ mich in Ruhe lassen würde. Vielleicht konnte ich zu dem anderen Mann, der anscheinend der Chef war, oder zu der Frau, die ich hier auch schon gesehen hatte, sagen, dass ich alles ohne Probleme über mich ergehen lassen würde, wenn sie nur diesen Menschen von mir fernhalten würden. Ich musste auch an Raphael denken und große Trauer überkam mich. Ich hatte mich so sehr in ihn verliebt, dass ich mich ohne nachzudenken in diese aussichtslose Situation gebracht hatte. Und nun würde ich ihn nie wiedersehen.

Gabriele

Unruhig starrte ich das Telefon an. Inzwischen war ich in meiner Wohnung angekommen. Zwei Polizisten hatten sich vor dem Haus postiert. Mir war die Anweisung gegeben worden, noch eine Stunde abzuwarten, dann dürfte ich endlich meine Mutter und Raphael anrufen. Aber keine Minute früher. Warum auch immer. Zwanzig lange Minuten waren vergangen, ich hielt es nicht mehr aus und griff nach meinem Handy. Glücklicherweise hatte ich es an dem Abend, als ich in die Klinik eingesperrt worden war, zu Hause vergessen.

Nicht, dass die Polizei noch mein Festnetz überwacht, dachte ich und lachte hysterisch vor mich hin. Meine Nerven waren wohl nicht die besten. Warum sollten sie das tun? Irgendwie hatte ich das Gefühl, dass sich die Polizeibeamten sicher waren, dass Mike sich in dieser Klinik befand. Es schnürte mir den Hals zu, denn plötzlich hatte ich fürchterliche Angst um ihn. Es war ja verständlich, dass ich mir Sorgen machte, auch, dass ich nach allem, was ich erlebt hatte, nervlich am Ende war. Aber dass mir beinahe das Herz zersprang, wenn ich an die Möglichkeit dachte, dass er tot sein könnte, das war nicht zu erklären. Wahrscheinlich musste ich mich einfach mal richtig ausschlafen, versuchte ich mich zu beruhigen. Wobei das bei meinem klopfenden Herzen wohl kaum möglich war. Seufzend wählte ich Raphaels Nummer aus dem Adressbuch und drückte auf den grünen Hörerbutton des Smartphones. Abwarten war keine Option mehr für mich. Nach dem sechsten Klingeln sprang die Mailbox an. Das gleiche Spiel wiederholte ich noch zehn Mal, aber er meldete sich nicht. Wo war er nur? Er musste doch, nachdem ich schon so lange verschwunden war, vor Sorge umkommen. Er rief auch nicht zurück. Eigentlich sollte er doch sein Handy immer bei sich haben, falls eine Nachricht von mir käme. Ärgerlich warf ich das Gerät ans andere Ende des Sofas, auf dem ich saß, und beschloss nun doch, die restliche Zeit abzuwarten und erst dann meine Mutter anzurufen. Verzweifelt nahm ich erneut meine ruhelose Wanderung durch die Wohnung auf. Ich konnte mich jetzt in dieser Situation nicht entspannen.

Mike

Wo bin ich? Was ist passiert?, ging es mir durch den Kopf, als ich die Augen öffnete. Es dauerte eine Weile bis mir klar wurde, dass ich immer noch in diesem Kellerraum eingesperrt war, nur mit dem Unterschied, dass von Sophie weit und breit keine Spur war. Mein Schädel brummte und das helle Licht blendete mich. So ein Mist. Was war nur geschehen? Ganz langsam kam die Erinnerung zurück. War es schiefgelaufen? Sophie hatte alle Zeit der Welt gehabt, aus dem Raum zu verschwinden. Aber es konnte ja auch Marina draußen vor der Tür gestanden haben. So könnte es natürlich gewesen sein. Vielleicht hatte sie es aber auch geschafft und konnte flüchten. Ansonsten sah es wirklich schlecht aus für uns. Noch einmal würden die nicht die Gefahr eingehen, sich von mir überrumpeln zu lassen, das war klar.

Plötzlich hörte ich Stimmen vor der Kellertür. Deutlich erkannte ich Detlef, der sagte: »Was machen wir jetzt mit ihm? Wir haben kein Zimmer, in das wir ihn jetzt stecken können.«

»Schmeiß ihn zu dem anderen«, erwiderte Robert.

Dann wurde die Tür aufgerissen und ein Mann hereingestoßen. Verblüfft schaute ich ihn an.

Irgendwie kam er mir bekannt vor, aber ich wusste im ersten Moment nicht, woher.

»Na super, dann sind wir ja schon zu zweit«, konnte ich mir nicht verkneifen zu sagen.

»Wer sind Sie?

»Ich bin Raphael. Einer dieser Typen hat mich überwältigt, als ich auf der Suche nach meiner Verlobten war.«

»Ach ja, jetzt weiß ich, woher ich Sie kenne. Ich habe Sie auf dem Revier gesehen.«

»Das kann sein. Ich hatte mich bei der Polizei erkundigt, ob es Neues von Gabriele gibt. In der Zeit als sie verschwand, war ich im Koma gelegen. Jetzt ist sie schon ziemlich lange weg.«

»Ja, ich erinnere mich. Aus dem gleichen Grund bin ich schließlich auch hier«, seufzte ich.

»Nun kann man sowieso nichts mehr ändern, ich bin aufgeflogen. Deshalb kann ich dir jetzt auch alles erzählen. Ich darf doch du sagen oder?«

»Klar.«

»Also mein Name ist Kai und ich war unter dem Decknamen Mike hier als verdeckter Ermittler tätig. Wir sind dabei, hier einen großen Organhändlerring auffliegen zu lassen. Und ich war auch schon erfolgreich in die Bande integriert, doch dann musste ich mich leider, nachdem eine Frau hier in großer Gefahr war, einmischen, bin dann aufgeflogen und nun selbst Gefangener.«

»Ach du meinst Sophie? Weißt du wo sie ist?«, fragte Raphael hoffnungsvoll.

»Leider nicht. Sie war hier und wir hatten einen Fluchtplan ausgeheckt. Doch dann kam es zum Kampf und ich weiß nicht, ob es ihr gelang zu flüchten oder ob sie jetzt woanders festgehalten wird. Ich hab das Bewusstsein verloren, weil ich mit dem Kopf auf den Boden aufgeschlagen bin, nehme ich zumindest an. Du kennst sie?« Gespannt wartete ich seine Antwort ab.

»Ja«, antwortete er voller Unruhe. »Hoffentlich ist ihr nichts passiert.«

»Es tut mir leid, ich habe keine Ahnung. Vielleicht konnte sie fliehen und Hilfe holen. Ich hoffe es.« Wie groß meine Zweifel waren, sagte ich Raphael natürlich nicht. Und selbst, wenn sie aus dem Raum herausgekommen war und Marina sie nicht aufgehalten hatte, dann war wahrscheinlich immer noch die Haupttüre verschlossen gewesen.

»Ist jetzt Gabriele oder Sophie deine Freundin?«, wollte ich wissen, weil Raphael nach dieser Auskunft noch blasser als zuvor aussah.

»Ich bin mit Gabriele verlobt.«

Diese Antwort gefiel mir überhaupt nicht, auch wenn mir zu diesem Zeitpunkt nicht klar war, warum. Was hatte ich schließlich mit der ganzen Sache zu tun? Ich hatte sie schließlich nicht aus Spaß an der Freude in meiner Wohnung festgehalten. Das war mir sogar richtig lästig gewesen. Aber nur am Anfang, meldete sich eine leise Stimme in meinem Kopf. Blödsinn, beruhigte ich mich. Schließlich war es normal, dass ich immer an sie denken musste und mir Sorgen um sie machte, da ich sie in meiner Wohnung eingeschlossen hatte. Sonst war da nichts. Verzweifelt versuchte ich meine Gedanken wieder auf meine aktuelle Situation zu lenken und so erzählte ich meinem Mitgefangenen, dass sich Gabriele bei mir zuhause befand. Danach saßen wir schweigend da. Keiner wusste so recht, was er sagen sollte. Ich dachte, es war Raphael auch klar, wie aussichtslos unsere Situation war, aber immerhin wusste er nun, dass sich seine Verlobte in Sicherheit befand.

Günther

Ich überraschte meine Geliebte in ihrer Küche. Da ich heute früher Feierabend gemacht hatte, erwartete Larissa mich um diese Zeit nicht. Erschrocken fuhr sie herum, als ich mich heranschleichen wollte.

»Um Himmels willen, hast du mich jetzt erschreckt«, rief sie laut aus und wich zurück.

»Na, das ist ja mal eine nette Begrüßung«, erwiderte ich.

Sogleich breitete sich ein Lächeln auf ihrem Gesicht aus, sie fiel mir um den Hals und schmiegte sich an mich.

»Und wie ich mich freue, ich habe mich nur erschreckt.« Prüfend schaute sie mich an.

»Du siehst müde aus. Alles klar?«

»Na ja. Mir geht da so einiges im Kopf herum. Komm mit ins Wohnzimmer, dann erzähle ich es dir.«

Nachdem ich mich auf der Couch niedergelassen und meine Freundin sich mit dem Kopf auf meinem Schoß hingelegt hatte, begann ich zu berichten: »Christian, ein alter Freund von mir, hat mich heute in der Klinik besucht. Wir kennen uns schon seit dem Studium.«

»Und hast du dich nicht über sein Kommen gefreut?«, wollte sie wissen.

»Doch natürlich, aber was er gesagt hat, gibt mir zu denken.«

»Ja?«

»Ich jammerte ihm vor, dass ich wahrscheinlich einen Patienten verlieren würde, weil er laut Eurotransplant jetzt zwar demnächst für eine neue Niere an der Reihe wäre, aber sein Zustand sich so verschlechtert hat, dass er wahrscheinlich vorher sterben wird.«

»Und, was...«

»Christian hat mir dann einen unglaublichen Vorschlag gemacht«, unterbrach ich Larissa.

»Ja?«

»Er arbeitet in einer Klinik ganz hier in der Nähe und er meinte, wenn ich wolle, könne er mir eine Niere besorgen. Es würde halt dementsprechend etwas kosten. Schon in den nächsten Tagen könnte er das in die Wege leiten.«

»Na sowas. Und was schließt du daraus?«

»Dass in der Klinik etwas Unglaubliches vor sich gehen muss.«

»Du meinst illegaler Organhandel?«

»Das befürchte ich.«

»Echt, wenn du das denkst, dann musst du zur Polizei gehen.« Eindringlich schaute Larissa mich an.

»Das ist mir durchaus bewusst«, seufzte ich und schloss für einige Minuten die Augen. Ich wusste, dass diese Polizeibeamten, die vor kurzem bei mir in der Klinik gewesen waren, auf der Suche nach Organhändlern waren. Konnte ich das denn dann so einfach auf sich beruhen lassen? Ich war verzweifelt, denn Christian war mir in den letzten Jahren ein echter Freund geworden. Eigentlich traute ich ihm so etwas gar nicht zu, aber es war wohl so. Zumindest war er in diese Sache auf irgendeine Art und Weise involviert.

Andreas Gerloff

Ich beauftragte meine Sekretärin, das Team zusammenzurufen und bat sie, keine Zeit dabei zu verlieren. Es dauerte dann auch tatsächlich keine fünf Minuten und Maren, Sven und drei Männer aus der „Soko Organhandel" saßen im Besprechungsraum. Erwartungsvoll sahen sie mich an. Ich spannte meine Kollegen nicht lange auf die Folter.

»Inzwischen wissen wir, wo sich aller Wahrscheinlichkeit nach unser verdeckter Ermittler befindet. Ich befürchte, dass er in großer Gefahr ist und im Keller der besagten Klinik festgehalten wird.

Gerade eben habe ich einen anonymen Anruf erhalten. Wir wissen jetzt, wer einer der Verantwortlichen aus der Klinik für diesen illegalen Organhandel sein könnte.

Es handelt sich dabei um Dr. Christian Bänke. Wir dürfen jetzt keine Zeit verlieren, jede Sekunde kann wichtig sein und über das Leben unseres Kollegen und eventuell auch über das der vermissten Sophie Ritter entscheiden. Wer weiß, wie viele Opfer in diesem Moment noch in den Händen der Kriminellen sind. Ihr kommt alle mit. Ich selbst werde mit dir, Maren, den Bänke konfrontieren.

Den Durchsuchungsbeschluss habe ich schon gefaxt bekommen. Er muss uns also in den Keller lassen. Das SEK ist auch schon informiert und wird bei Bedarf zugreifen. Sven, du wirst mit Hilfe eines Kollegen draußen alle Augen offenhalten, falls jemand flüchten möchte. Wer weiß, wie viele Eingänge sich dort noch irgendwo befinden.

Auf geht´s«, sagte ich. Der Schweiß lief schon wieder in Bächen an mir herunter.

»Los geht´s.« Mit diesen Worten eilte ich, gefolgt von meinem Team, aus dem Revier.

Gabriele

Ich konnte es einfach nicht mehr aushalten. Der Gedanke, dass Mike etwas passiert sein könnte, ließ mich nicht mehr los. So entschloss ich mich, dorthin zu fahren. Die Polizei war sicher auch schon vor Ort, davon war ich fest überzeugt. Jetzt ging es nur darum, wie ich die Polizisten vor meiner Haustür austricksen konnte. Mit meiner Mutter hatte ich telefoniert, sie wusste Bescheid und war natürlich unendlich erleichtert, dass ich unversehrt wieder aufgetaucht war.

Ihr hatte ich versprechen müssen, sobald wie möglich vorbeizukommen. Raphael konnte ich leider nicht erreichen, aber das war nicht zu ändern. Ihm wird es schon gutgehen, dachte ich mir. Zumindest hoffte ich das. Zuletzt hatte ich gehört, er habe den Autounfall gut überstanden. Das hatte Mike mir in den letzten Tagen verraten. Dadurch hatte sich auch mein Verdacht, dass er ein verdeckter Ermittler war, bestätigt.

Nun wusste ich, wie ich es machen würde, um mich aus den Klauen der Polizisten befreien zu können. Ich nahm meine Jacke von der Garderobe und verließ das Haus.

Sofort sprang einer der Polizeibeamten aus dem Auto und wollte wissen, was ich da machen würde. Ich antwortete, dass ich Hunger habe und nichts Essbares zuhause wäre.

»Könnte ich vielleicht zum nächsten Imbiss gehen? Ein paar Straßen weiter befindet sich ein kleines Lokal, in dem man Gerichte zum Mitnehmen kaufen kann«, fragte ich hoffnungsvoll.

»Oder könnten Sie mich dorthin fahren?«, fuhr ich fort, nachdem ich das zweifelnde Gesicht des Beamten gesehen hatte. Inzwischen war seine Kollegin aus dem Fahrzeug bei uns eingetroffen. Die beiden sprachen kurz miteinander, dann äußerte er sich zögernd: »Okay, wir fahren Sie dorthin und es wird einer von uns das Essen herausholen. Haben Sie es denn schon bestellt?«

»Ja, klar«, antwortete ich.

Nachdem ich hinten im Wagen Platz genommen hatte, fuhren wir los. Direkt vor dem Schnellimbiss war ein Parkplatz frei. Es war ganz schön viel los um diese Zeit und der Polizeibeamte verließ das Auto. Nun konnte ich nur hoffen, dass die hintere Tür des Wagens nicht verschlossen war. Ich nutzte die Gelegenheit, als die Polizeibeamtin auf ihr Handy schaute, drückte ruckartig den Türgriff herunter und hatte Glück. Sie ließ sich öffnen und mit einem Satz war ich aus dem Auto gesprungen. Bevor die Polizistin reagieren konnte, war ich im

Getümmel verschwunden. Als ich zurückblickte, sah ich gerade noch, wie die Beamtin mich verfolgte, aber sie hatte keine Chance, da ich mich hier sehr gut auskannte. Ich rannte im Zickzack durch die Passantenmenge und stellte mich kurzentschlossen in einen schmalen Durchgang zwischen zwei Häusern. Ich musste grinsen, als mein Blick auf meine irritierte Verfolgerin fiel. Diese gab die Suche schließlich auf und kehrte zu ihrem Kollegen zurück.

Maren

Mein Chef klopfte an und wir traten ohne abzuwarten in das Arztzimmer von Dr. Christian Bänke. Das Vorzimmer der Sekretärin hatten wir schon durchquert, ohne uns von ihr aufhalten zu lassen. Verärgert schaute der Arzt uns an.

Andreas unterbrach ihn, bevor er etwas sagen konnte. »Wir sind von der Kriminalpolizei und müssen Sie sprechen.«

Sprachlos schaute Bänke uns an, fasste sich dann aber wieder.

»Das kann doch nicht wahr sein. »Um was geht es denn überhaupt? Ich habe nichts verbrochen.«

»Das werden wir dann schon sehen. Jetzt gehen wir erst einmal in den Keller.«

Ich musste mir ein Grinsen verkneifen. Wenn mein Chef mal in Aktion war, dann ließ er nicht mit sich reden und kannte keine Gnade.

Inzwischen war der Doktor mit knallrotem Kopf von seinem Stuhl aufgesprungen und ließ sich den Durchsuchungsbefehl zeigen. Nach kurzer Überlegung meinte er achselzuckend: »Na gut, ich weiß zwar nicht, was sie da unten wollen, aber wir haben nichts zu verbergen. Dann folgen Sie mir einfach.«

Wusste dieser Mann wirklich nicht, was in den Kellerräumen vor sich ging?, überlegte ich mir. So gelassen konnte der doch nicht sein, wenn er für die Machenschaften dort unten verantwortlich war. Oder waren schon alle Spuren beseitigt?

Da sie sich im vierten Stock befanden und es lange dauerte, bis der Fahrstuhl kam, waren einige Minuten vergangen, bis wir unten ankamen. Wortlos schloss der Arzt die Kellertür auf. Andreas gab ihm mit einer Handbewegung zu verstehen, dass er zurücktreten solle und schob auch mich zur Seite, nahm seine Dienstwaffe aus der Halterung und sicherte sich nach allen Seiten ab, während er den langen Gang betrat. Zusammen mit Bänke folgte ich ihm. Etliche Türen waren zu sehen.

Andreas wandte sich an Bänke: »Was befindet sich in diesen Räumen?«

»Verschiedenes«, antwortete dieser mürrisch. »Hier zum Beispiel im ersten Raum wird das Verbandsmaterial und Ersatzbettwäsche gelagert und dort.....«

»Warum schreien Sie denn so?«, unterbrach Maren ihn. »Wir sind nicht schwerhörig. Möchten Sie vielleicht Ihre Komplizen warnen?«

»So ein Blödsinn«, erwiderte Bänke sichtlich verärgert.

»Öffnen Sie diese Tür«, unterbrach mein Chef den Arzt und deutete auf die Stahltür.

»Maren, schau nach, was sich dort befindet, ich geh schon mal weiter. Und Sie Herr Bänke begleiten mich zur nächsten Tür.«

Nachdem ich alles, was sich darin befand, inspiziert hatte und dort tatsächlich nur die angegebenen Sachen waren, folgte ich den beiden. Andreas hatte inzwischen festgestellt, dass im nächsten Raum nur eine Liege mitten im Zimmer und ein paar leere Regale an der Wand standen. Bevor wir fragen konnten, was sich im dritten Raum befindet, öffnete sich diese Tür und ein Mann kam in den Flur.

»Ach Herr Kollege, ich dachte, Sie haben schon längst Feierabend«, rief Bänke ihm zu.

Dieser Typ, der etwas ungepflegt aussah, sollte ein Arzt sein? Das kam mir komisch vor. Natürlich gab es sowas, aber das konnte ich mir bei diesem Menschen überhaupt nicht vorstellen. Andreas sah das wohl genauso und sagte zu dem Fremden:

»Warten Sie noch einen Moment. Befinden sich noch mehr Kollegen in dem Zimmer?«

»Ja, natürlich. Wir hatten noch eine Besprechung.«

»Hier unten im Keller? Das ist aber ungewöhnlich«, mischte ich mich ein.

Der Mann erwiderte dazu nichts und mein Chef nickte mir zu und meinte mit Blick auf den vermeintlichen Arzt:

»Behalte ihn im Auge.« Und betrat, immer noch die Waffe in der Hand haltend, den Kellerraum. Ich hörte seine Worte. »Guten Abend, die Herren und Damen.« Es mussten sich also mehrere Personen darin befinden.

»Ich muss Sie alle bitten, mit aufs Revier zu kommen.«

Inzwischen hatte der Mann, auf den ich aufpassen sollte, mich zur Seite gestoßen, rannte zum Ende des langen Ganges und verschwand durch die letzte Tür. Damit hatte ich nun wirklich nicht gerechnet - wie dumm von mir. Christian Bänke rannte nun ebenfalls wie ein Verrückter los, allerdings in die entgegengesetzte Richtung, und verschwand dorthin, woher wir gekommen waren. Als ich mich von der Überraschung erholt hatte, entschloss ich mich, meinem Chef zur Hilfe zu eilen. Mir war klar, dass es keinen Sinn machte, einem der beiden Männer zu folgen.

Das war auch allerhöchste Zeit, denn ich sah, wie Andreas gegen einen Mann und eine Frau kämpfte. Bevor ich eingreifen konnte, sprang eine dritte Person hinter der Tür hervor, schlug meinem Chef mit einer Eisenstange auf den Kopf und griff, während Andreas zu Boden sank, nach dessen Waffe. Ich erstarrte, denn danach drehte er sich zu mir, zielte direkt auf mich und drückte ab. Verblüfft sah der Kerl, dass nichts passierte, da sich in der Waffe, warum auch immer, kein Schuss löste. Bevor er sich von dieser Überraschung erholen konnte, stürzte mein Kollege Sven herein und drückte nun ihm eine Pistole an den Hals. Ich hatte keine Ahnung, wo er herkam. Pure Erleichterung durchflutete mich. Er hätte keine Sekunde später kommen dürfen, denn gegen drei Personen hätte ich wahrscheinlich keine Chance gehabt. Nachdem wir die drei gefesselt und an den Heizkörpern angekettet hatten, und unser Chef beteuerte, dass es ihm gutgehe, ging Sven los, um nach Kai und der vermissten Frau zu suchen. Zuvor hatte ich einem der Ganoven die gesamten Kellerschlüssel aus der Hosentasche genommen. Nun blieb ich hier, um ein Auge auf die Gefesselten zu haben.

Gabriele

Mit der Straßenbahn fuhr ich nach meiner Flucht zu meinem Zielort, an dem sich die Klinik befand. Eine Station davor stieg ich aus. Als ich schließlich um die Ecke bog, sah ich, dass die ganze Umgebung abgesperrt war und sich überall Polizisten befanden. Sogar das SEK war da und bereit einzugreifen. Ein Mann hielt mich an meinem Jackenärmel fest und fragte mit strenger Stimme: »Wo möchten Sie denn hin. Sie können da nicht durch.«

»Ich möchte nur wissen, ob mein Freund da drin gefunden wurde«, erwiderte ich, inzwischen nicht mehr so selbstsicher. »Er wird dort festgehalten und ist in großer Gefahr.«

»Gehen Sie zurück, Sie können jetzt nichts tun. Sie sehen doch, dass alles getan wird, um ihm zu helfen, falls er sich dort drinnen befindet. Und jetzt verschwinden Sie aus der Gefahrenzone und behindern hier nicht noch die Einsatzkräfte«, herrschte er mich an.

Ich wollte etwas erwidern, als ich plötzlich sah, wie ein Mann aus dem Seiteneingang herausstürmte.

Ich sah mit Entsetzen, dass der Typ eine Waffe in der Hand hielt und auf einen der Beamten zielte.

Dann hörte ich einen Schuss und nicht der Polizist, sondern der andere sank auf den Boden. Das SEK hatte sofort reagiert. Das alles war so schnell gegangen, dass ich überhaupt nicht begreifen konnte, was da soeben geschehen war. Ich fing an zu zittern und wurde von dem Mann, der immer noch meinen Arm umklammerte, zur Seite geführt. Ich hatte gerade noch gesehen, dass einer der Kommissare aus dem Revier, in das ich nach meiner Befreiung aus Mikes Wohnung gebracht worden war, durch die geöffnete Tür ins Haus stürmte.

Raphael

Kai und ich wunderten uns über den Lärm draußen auf dem Gang. »Hast du das auch gehört?«, fragte ich ihn.

Er nickte. »Ja, das hört sich an, als ob unsere Rettung eingetroffen wäre«, meinte er und lächelte dabei zufrieden. »Ich hab die Stimmen erkannt. Das sind eindeutig mein Chef und meine Kollegin.«

Hoffnung flammte in mir auf. Vielleicht konnten wir das Ganze doch überleben. Plötzlich hörten wir ein Mordsgeschrei. Es hörte sich an, als ob mehrere Personen miteinander kämpften. Entsetzt schaute ich meinen Mitgefangenen an. »Was ist das?«

»Etwas, was mir ganz und gar nicht gefällt«, entgegnete Kai nachdenklich. »Aber meine Kollegen wissen was zu tun ist. Mach dir keine Sorgen. Sie werden nicht ohne Verstärkung hierher gekommen sein«, beruhigte er mich.

Unendliche Minuten schienen vergangen zu sein, als plötzlich die Tür aufgeschlossen wurde und ein bewaffneter Mann, den ich schon auf dem Kommissariat gesehen hatte, den Raum betrat.

»Hey Sven, altes Haus«, rief Kai ihm entgegen. »Jetzt wird's aber auch Zeit, dass du uns hier rausholst.«

»Sorry, schneller ging es nicht. Deinen Humor scheinst du ja nicht verloren zu haben«, meinte dieser ironisch. Aber man bemerkte deutlich die Anspannung bei ihm. Vor allem, weil die Sache auch noch nicht ausgestanden war.

»Einer ist geflüchtet und der Doktor ist wieder in die Klinik zurück gerannt. Zwei Männer und eine Frau konnten wir überwältigen«, sagte der Beamte.

»Wer ist dann noch hier außer euch?«, wollte er von uns wissen.

»Meistens sind nur drei hier unten. Aber sei vorsichtig. Ab und zu sind auch noch zwei andere hier, nämlich, wenn sie neue Opfer bringen. Im Moment ist aber, soviel ich weiß, außer Sophie niemand in ihrer Gewalt. Wir müssen dringend nach ihr suchen, sie könnte verletzt sein.« Mit diesen Worten kam Leben in Kai. Er sprang auf, gab mir die Anweisung hier zu bleiben, was mir sehr schwer fiel, und die beiden verließen schnellstens den Kellerraum.

Kai

Im Gang war niemand zu sehen, außer Maren und Andreas, von denen wir freudig, aber leise begrüßt wurden.

»Wir müssen Sophie finden«, zischte ich ihnen zu. »Sie muss sich in einem dieser Räume befinden.« Schnell rannte ich auf die gegenüberliegende Tür zu, in der Hoffnung, dass die Schlüssel, die ich Sven aus der Hand gerissen hatte, passten und Sophie sich dort befinden würde. Aber ich wurde enttäuscht. Erst beim dritten Zimmer hatten wir Glück. Sophie kauerte wie ein Häufchen Elend in der Ecke auf dem Boden. Sie starrte mich mit ausdruckslosen Augen an und sah ziemlich mitgenommen aus. Auf einmal erhellte sich ihr Gesichtsausdruck. Sie konnte wohl kaum glauben, dass Rettung gekommen war.

»Alles wird gut«, sprach ich beruhigend auf sie ein, kniete mich vor ihr nieder und legte meinen Arm um ihre Schultern. »Wir müssen nur ganz schnell hier raus. Komm, ich stütze dich.« Ich bemerkte, dass Sophie ziemlich schwach war und zog sie vorsichtig hoch. Halb ging sie selbst, halb schleppte ich sie mit.

Nachdem wir in den anderen Kellerräumen niemand mehr gefunden hatten, erlösten wir Raphael aus seinem Gefängnis.

Bei seinem Anblick kam Leben in Sophie.

»Was machst du denn hier?«, rief sie und wollte zu ihm stürzen.

Dieser strahlte, als er sie sah, eilte zu uns und übernahm die Aufgabe, Sophie beim Laufen zu unterstützen. »Bin ich froh, dass dir nichts passiert ist«, stieß er erleichtert hervor.

»Ist doch alles okay mit dir, oder?«, fragte er besorgt.

»Jetzt ja«, flüsterte sie leise.

Vorsichtig verließen wir den Keller, nachdem wir das SEK informiert hatten. Als wir draußen ankamen, wurden Sophie und Raphael sofort von den Sanitätern übernommen und untersucht. Zuvor hatten die beiden noch gesehen, dass das ganze Gelände abgesperrt war, sich überall Leute vom SEK verteilt hatten und mitten im Hof ein bewegungsloser Mensch lag. Sie beruhigten sich dann aber schnell wieder, als sie sahen, dass es sich bei dem Toten um den Chef der Verbrecherbande handelte.

Mich wollten die Sanitäter auch gleich in ihren Wagen stecken, aber ich weigerte mich. Allerdings ließ ich mich wenigstens kurz untersuchen. So wie es aussah, war ich noch einmal mit einem blauen Auge davongekommen. Dann fiel mein Blick auf Gabriele. Das durfte doch nicht wahr sein. Was machte die denn hier? Hatte sie sich schon wieder in Gefahr begeben? Wütend ließ ich den verblüfften Sanitäter, der gerade meine Augenreflexe prüfen wollte, stehen und rannte auf sie zu. Nun ja, mit wackeligen Beinen, wie ich zugeben musste.

Dort angekommen blaffte ich sie wütend an: »Was fällt dir ein? Warum bist du nicht in meiner Wohnung?«

»Hätte ich dort verhungern sollen? Und vor Sorgen sterben?«, antwortete sie lächelnd.

Meine Wut verflog bei diesen Worten sofort. Am liebsten hätte ich sie in die Arme genommen, aber das stand mir natürlich nicht zu. Ihr Verlobter war schon auf dem Weg ins Krankenhaus. Sie hatte ihn überhaupt nicht gesehen. Ich musste mich selbst über meinen Gefühlsausbruch wundern, schließlich kannte ich sie noch nicht lange und die gemeinsamen Wochen in meiner Wohnung waren nur eine Zweckgemeinschaft gewesen.

»Dein Freund ist glücklicherweise heil rausgekommen und befindet sich in dem Krankenwagen, der gerade davonfährt«, erklärte ich ihr, mit dem Kopf auf die Straße weisend.

»Warum war er denn hier?«, fragte sie fassungslos. »Ich habe die ganze Zeit versucht ihn zu erreichen.«

»Das wiederum kannst du dir sicherlich denken. Er war natürlich auf der Suche nach dir«, antwortete ich augenzwinkernd.

»Ach du liebe Zeit. Ist ihm was passiert?«

»Nein, es ist alles gut gegangen. Wir haben ein Wahnsinnsglück gehabt. Ich glaube, du wirst schon gesucht.« Ich musste grinsen, als ich sah, dass zwei Polizisten direkt hinter Gabriele auf sie zukamen.

»Ach herrje, das gibt sicherlich Ärger. Dort sind die beiden Beamten, die auf mich aufpassen sollten.«

Ich legte ihr beruhigend meine Hand an die Wange und sagte leise: »Also, vielleicht sieht man sich mal. Mach´s gut.« Dann drehte ich mich um und begab mich wieder in die Hände der Sanitäter. Gabrieles Blick war mir durch und durch gegangen. Einen kurzen Moment dachte ich, dass sie auch etwas für mich empfand, aber das war wohl nur Einbildung gewesen. Ich fragte mich, ob ich in den letzten Jahren überhaupt einmal verliebt gewesen war. Auf jeden Fall konnte ich mich nicht daran erinnern. Wahrscheinlich war ich jetzt durch die besondere Situation nur etwas durcheinander. Schließlich hatten wir uns alle in Lebensgefahr befunden.

Als ich am späten Abend in meiner Wohnung an-
kam, ging ich ruhelos auf und ab. Es ging mir nicht
schlecht und ich hatte überlebt, das war das Wich-
tigste, aber obwohl es mich noch nie gestört
hatte, alleine in meiner Wohnung zu sein, fühlte
ich mich nun nach der Zeit mit Gabriele seltsam
einsam. Ich konnte mich doch unmöglich in so
kurzer Zeit an sie gewöhnt haben, schoss es mir
durch den Kopf. Daran, mich verliebt zu haben,
wollte ich überhaupt nicht denken, schließlich
hatte ich andere Sorgen. Mein Kopf brummte immer noch nach diesem Schlag, den ich abbekom-
men hatte. Wahrscheinlich war es doch eine Ge-
hirnerschütterung, denn mir war auch übel. Ich
sollte mich ins Bett legen und ausschlafen, dachte
ich. Als ich mich entschieden hatte, nicht, wie die
Sanitäter mir geraten hatten, mit ihnen ins Krankenhaus zu fahren, war ich der Meinung, dass ich
mich auch zuhause ausruhen könne. Aber irgendwie kam ich hier überhaupt nicht zur Ruhe. Kurzentschlossen griff ich nach meinem Schlüsselbund. Ich nahm mir vor in den Supermarkt zu gehen, um einzukaufen. Das würde mich etwas ablenken und wenn ich später zurück wäre, würde
alles wieder beim Alten sein. So wünschte ich mir
das jedenfalls.

Raphael

Das konnte doch nicht wahr sein. Ich lag in meinem Bett im Krankenhaus, eigentlich glücklich überlebt zu haben und Gabriele war bei mir. Sie saß nah bei mir auf einem Stuhl, hielt meine Hand und machte ebenfalls einen sehr mitgenommenen Eindruck.

Was war nur mit mir los? Anstatt mich über das Leben und meine Verlobte an meiner Seite zu freuen, grübelte die ganze Zeit, wie es wohl Sophie gehen mochte. Warum musste ich die ganze Zeit an sie denken? So gut kannte ich diese Frau doch überhaupt nicht. Klar, sie hatte mir bei der Suche nach meiner Freundin geholfen und dabei ihr Leben riskiert. Aber war das der Grund? Zweifel kamen in mir auf.

»Hey, du bist ja wach«, unterbrach mich Gabrieles Stimme.

Erschrocken schaute ich sie an, fing mich aber sogleich wieder. »Du gehörst auch ins Bett. Was hast du dir denn überhaupt dabei gedacht, dort hinzugehen. Kannst du mir das mal erklären?«, lenkte ich ab.

»Hm, ich weiß auch nicht. Ich wollte sehen, ob die Polizei dort Erfolg hat«, erwiderte sie ausweichend. »Außerdem konnte ich dich nicht erreichen und musste mich ablenken.«

»Ja, du konntest natürlich nicht wissen, dass ich inzwischen auch dort festgehalten wurde«, seufzte ich.

»Sind wir eigentlich noch verlobt?«, wollte sie nun wissen.

»Klar sind wir das«, antwortete ich vielleicht ein bisschen zu schnell, aber sie ging gar nicht darauf ein, erhob sich und meinte: »Vielleicht hat du Recht und ich sollte mich erst einmal richtig ausschlafen. Ich kann dir ja morgen noch alles erzählen.« Abwartend blickte sie mich an.

»Das ist eine gute Idee. Morgen ist auch noch ein Tag.«

Ich glaubte, Enttäuschung in ihrem Gesicht zu erkennen, aber ich konnte mich auch geirrt haben. Auf alle Fälle hatte sie es sehr eilig, sich von mir zu verabschieden.

Nach einem schnellen Kuss verschwand Gabriele aus dem Zimmer. Erleichtert atmete ich auf. Ich war wirklich total erschöpft. Noch während ich versuchte meine Gedanken zu sortieren, musste ich schon eingeschlafen sein. Ich erwachte erst wieder am nächsten Morgen.

Andreas

Es war erst 8 Uhr morgens, trotzdem fühlte ich eine Energie in mir, wie schon lange nicht mehr. Und das, obwohl der Fall nicht vollständig geklärt worden war. Gerne hätten wir auch die wirklich Verantwortlichen zur Strecke gebracht. Allerdings war ich doch sehr froh, dass drei Menschenleben gerettet werden konnten.

»Alle Mann zur Besprechung. Bitte!«, rief ich durch den langen Flur des Kommissariats, dass es nur so dröhnte.

Keine fünf Minuten später saßen alle Beteiligten der Soko Organhandel auf ihren Plätzen. Ich fühlte mich heute ganz entspannt. Weder schwitzte ich, noch fühlte ich mich unbehaglich. Was für ein Tag. Sogar Maren war schon anwesend, was in letzter Zeit nicht immer der Fall war.

»Wie schön, Maren, du bist auch schon da«, konnte ich mir deshalb nicht verkneifen zu sagen. Dafür erntete ich einen vernichtenden Blick von ihr, aber Spaß musste sein.

»Okay. Wer es noch nicht erfahren hat, aber ich denke, es hat sich schon herumgesprochen, wir konnten gestern noch rechtzeitig unseren Kollegen Kai Berger aus einer doch sehr brenzligen Situation befreien.

Ebenfalls ist es uns gelungen, die vermisste Sophie Ritter, die sich auch im Keller der besagten Klinik befand, zu befreien. Leider sind nun durch diese Ereignisse unsere verdeckten Ermittlungen aufgeflogen. Das ist nun mal so und nicht zu ändern. Berger hat vollkommen richtig gehandelt, er konnte Frau Ritter schließlich nicht einfach ihrem Schicksal überlassen. Das kann jeder verstehen. Aber dadurch ist eben die ganze Sache aufgeflogen.«

»Ich denke, die waren schon länger misstrauisch«, unterbrach mich Kai, der ebenfalls anwesend war.

»Ja, also, wie auch immer«, fuhr ich fort. »Wir haben zwei Männer und ihre Komplizin festgenommen. Bedauerlicherweise sind es nicht die hauptverantwortlichen Hintermänner, aber das ist leider oft so und wir können es jetzt nicht ändern. Wahrscheinlich werden sie nun ihr Lager von neuem in anderen Kliniken aufschlagen.«

»Was ist denn nun mit Dr. Bänke?«, wollte Oberkommissar Sven wissen.

»Nun, der sitzt inzwischen ebenfalls in Untersuchungshaft und streitet alles ab. Ich fürchte, wir können ihm auch nicht allzu viel nachweisen. Er hatte, nachdem er zurück in die Klinik gerannt war, versucht über einen Seitenausgang zu flüchten, war dann aber festgenommen worden. Er stellte es dann so dar, dass er einfach nur eine Pause machen wollte und deshalb nach draußen gegangen war.

Ich denke nicht, dass er die Organe entnommen hat und vermute eher, dass er alles nur geduldet und die Räumlichkeiten zur Verfügung gestellt hatte. Allein schon dafür wird er eine hübsche Summe kassiert haben. Der Mann, der vom SEK erschossen wurde, war Arzt. Er hatte allerdings schon vor langer Zeit seine Approbation verloren. Ich gehe davon aus, dass er operiert hat. Ob allein oder mit einem Komplizen, keine Ahnung. Die Festgenommenen bleiben bei ihrer Aussage, es nicht zu wissen.

Wie gesagt, der illegale Organhandel wird woanders fortgeführt werden. Leider! Irgendwo werden Kollegen von uns das gleiche wie wir durchmachen. Hoffentlich mit mehr Erfolg. Es wird traurigerweise voraussichtlich neue Opfer geben.«

Nun mischte sich Maren ein.

»Ich bin froh, dass wir Kai, Raphael Lehmann und die beiden Frauen ohne größeren Schaden da rausholen konnten. Das Ganze hätte böse ausgehen können.«

»Das sehe ich genauso«, antwortete ich.

»Was ist denn übrigens mit dem Mann, der die Frauen abgeschleppt hat?«

»Ach ja, da habe ich vorhin die Nachricht bekommen, dass er anhand des Phantombildes, das nach den Angaben von Frau Seifert und Frau Ritter erstellt worden war, geschnappt wurde.«

»Da bin ich aber erleichtert«, freute sich Maren und die anderen nickten zustimmend.

»Übrigens, das hatte ich noch vergessen zu erwähnen. Dr. Lehmann von der Privatklinik hat tatsächlich mit der ganzen Sache nichts zu tun. Da sind wir einem falschen Hinweis gefolgt.«

»Nun ja, besser eine Befragung zu viel, als eine zu wenig«, mischte sich Sven Reichenbacher ein.

Da musste ich ihm Recht geben.

»Also gut, wir treffen uns heute Nachmittag nochmal, um die anderen Fälle, die noch nicht erledigt sind, zu besprechen. Bis dahin hat jeder, denke ich, noch genug zu tun«, beendete ich die Sitzung. Alle nickten zustimmend, erhoben sich und verließen den Raum.

Maren

Langsam ging ich mit Sven zu seinem Auto. Wir hatten noch eine nicht ganz so wichtige Befragung vor uns. Mein Kollege schaute mich fragend an. »Was meinst du? Einen Kaffee könnten wir uns doch noch vorher irgendwo gönnen.«

»Aber sicher«, antwortete ich ihm lächelnd. »Heute haben wir nicht mehr allzu viel vor. Lass uns in das Café gehen, wo wir das letzte Mal gewesen sind.«

»Gerne, das ist einer meiner Lieblingsorte. Die haben einen super guten Milchkaffee.«

Wir beschlossen, zu Fuß dorthin zu gehen, da es nicht weit von unserem Revier entfernt war. Auf dem Weg dorthin sagte mein Kollege plötzlich: »Dann kannst du ja heute früher Feierabend machen und den Abend mit deinem neuen Freund genießen.«

»Mhm«, meinte ich zögernd. »Das wird wohl nix. Nachdem ich mich wegen unserem Fall die letzten Tage überhaupt nicht bei ihm gemeldet habe, hat er, glaube ich, das Weite gesucht.«

»Ach nee, das tut mir aber leid«, kam die Antwort. Obwohl Sven den Kopf zur Seite drehte, sah ich doch sein fröhliches Grinsen. Nun ja, so war das

Leben eben als Kriminalbeamtin. Es war nicht das erste Mal, dass ich dachte, ich hätte die große Liebe gefunden, aber die Männer hatten eben alle kein Verständnis für meinen Beruf.

»Was soll's«, murmelte ich vor mich hin und knuffte ihn in die Seite. Er sah auf einmal sehr gut gelaunt aus.

Gabriele

Nachdem ich Raphael vom Krankenhaus abgeholt hatte, gingen wir in meine Wohnung. Bisher hatten wir das Thema, ob unsere Verlobung denn noch bestünde oder gelöst sei, möglichst vermieden. Nun war mir irgendwie schwer ums Herz. Zuhause angekommen, ließ sich Raphael erschöpft aufs Sofa fallen. Man sah ihm deutlich die Strapazen der letzten Wochen an. Er hatte schließlich auch einiges mitgemacht. Der Unfall, das Koma, seine Verletzungen und zu guter Letzt noch die Gefangennahme im Keller dieser Klinik. Das konnte nicht spurlos an ihm vorübergegangen sein, das war mir schon klar. Irgendwie wurde mir mehr und mehr bewusst, dass meine Gefühle für ihn nur noch auf freundschaftlicher Basis beruhten, aber wie sollte ich ihm das beibringen? Zögernd schaute ich ihn an und sagte: »Ich koch uns erstmal einen Kaffee.«

Er nickte zustimmend. »Gute Idee.«

So lange dauerte es bei mir normalerweise nicht mit der Kaffeezubereitung. Ich trödelte absichtlich, denn ich wusste einfach nicht, wie ich es ihm sagen sollte. Zudem konnte ich nicht aufhören an Mike beziehungsweise Kai zu denken.

Ja, der Mistkerl hatte mir einen falschen Namen genannt. Ich sollte eigentlich wütend sein, aber stattdessen waren meine Gedanken ständig bei ihm und dabei kribbelte es ganz schön in meinem Bauch. Ich musste mir wohl oder übel eingestehen, dass ich mich unsterblich in ihn verliebt hatte. Es war eine starke Anziehung zwischen uns, die sich in der letzten Woche noch verstärkt hatte. Und ich hatte das Gefühl, dass es ihm genauso gegangen war. Das war wahrscheinlich der Grund gewesen, warum er mir die meiste Zeit aus dem Weg ging. Ich konnte nicht einfach so weitermachen wie bisher und Raphael die glückliche Verlobte vorspielen. Das musste er verstehen. Kurz entschlossen nahm ich die gefüllte Kaffeekanne und ging ins Wohnzimmer. Mein Freund rappelte sich auf und setzte sich an den Esstisch. Er sah nicht gerade glücklich aus. Mein Herz klopfte mir bis zum Hals und meine Hände waren schweißnass. Was sollte ich nur tun? Eine Weile saßen wir schweigend da. Ich rührte endlos in meiner Tasse. Raphael unterbrach mich, indem er meine Hand in seine nahm und meinte: »Bald hat deine Kaffeetasse keinen Boden mehr. Was ist los mit dir? Geht es dir nicht gut? Möchtest du reden?« Verzweifelt sah ich ihm in die Augen.

»Ich weiß nicht, wie ich es dir sagen soll«, flüsterte ich und senkte den Blick, weil ich ihn nicht länger anschauen konnte.

»Du liebst mich nicht mehr. Ist es das?«

»Ich weiß nicht.....«

»Jetzt rede nicht um den heißen Brei herum«, unterbrach er mich. »Es ist viel passiert, wir waren noch nicht allzu lange zusammen und es gab nur Probleme mit meinen Eltern, was mir unendlich Leid tut. Aber ich muss gestehen, mir ist in letzter Zeit auch einiges klargeworden. Wir passen nicht wirklich zusammen.«

Ich hob den Kopf und sah in sein lächelndes Gesicht. Erleichterung durchflutete mich. Ich sprang von meinem Stuhl auf und umarmte ihn.

»Du bist mir nicht böse?«

»Nein, natürlich nicht. Alles gut. Gefühle können sich ändern und man kann nichts dafür«, entgegnete er.

»Okay«, erwiderte ich strahlend. »Ich muss nochmal weg. Zieh die Tür einfach hinter dir zu, wenn du gehst.« Mit diesen Worten drückte ich Raphael einen Kuss auf die Wange und verließ eiligst, nachdem ich nach meiner Jacke und dem Schlüsselbund gegriffen hatte, die Wohnung. Ich wusste, was ich zu tun hatte.

Kai

Ich hatte ein paar leckere Sachen für eine hervorragende Pasta eingekauft. Was gab es Besseres gegen Trübsinn, als zu kochen? Für mich nichts. Ich war fast fertig, als es klingelte.

Wer konnte das sein?«, wunderte ich mich. Nachdem ich die Tür geöffnet hatte, konnte ich meinen Augen nicht trauen. Tatsächlich stand Gabriele davor.

»Hey, was machst du denn hier?«, freute ich mich.

»Mhm, hier riecht es aber lecker. Was gibt es denn? Italienisch?«

»Sag bloß, dass du deswegen vorbeigekommen bist?« Ich konnte mir ein Grinsen nicht verkneifen.

»Natürlich, weswegen denn sonst?«, fragte sie herausfordernd.

Blitzschnell ging ich einen Schritt auf Gabriele zu und zog sie kurzerhand in die Wohnung. Noch bevor sie sich von ihrer Überraschung erholen konnte, nahm ich sie in meine Arme und küsste sie leidenschaftlich. Sofort schmiegte sie sich an mich und wir vergaßen erst einmal das Essen und die Welt um uns herum.

Sophie

Unruhig lag ich in meinem Bett im Krankenhaus. Soweit ging es mir gut. Ich war nicht verletzt und hatte mich von dem Schock erholt. Heute würde ich entlassen werden und musste nur noch auf den Arztbrief warten. Warum also um alles in der Welt war ich so unglücklich. Es war mir doch von vornherein klar gewesen, dass Raphael vergeben war. Warum hoffte ich dann immer noch auf ein Wunder? Er hatte mich kurz besucht, bevor er nach Hause gegangen war. Ich konnte vom Fenster aus Gabriele sehen, die draußen auf ihn wartete. Was hatte ich denn erwartet? Plötzlich riss mich das Klingeln des Handys aus meinen Gedanken. Ich nahm das Gespräch an, ohne zuvor auf das Display zu schauen.

»Hallo Sophie«, erklang die mir inzwischen vertraute Stimme von Raphael. Mein Herz fing an zu rasen.

»Hallo«, freute ich mich. »Wie geht es dir?«

»Ganz gut und dir?«

»Ebenso«, antwortete ich zurückhaltend. Was sollte ich auch sagen.

»Du wirst doch heute entlassen, wenn ich richtig informiert bin. Ich könnte dich abholen.

Was meinst du dazu?«

Ich glaubte, mich verhört zu haben. »Echt jetzt? Was sagt denn Gabriele dazu?«, fragte ich vorsichtig.

»Gabriele ist Vergangenheit.«

Das konnte doch nicht wahr sein. Träumte ich noch?

»Hallo, bist du noch dran?«, erinnerte mich Raphaels Stimme daran, dass ich doch wach war.

»Wie meinst du das?«, fragte ich verwirrt.

Er musste ja denken, dass ich schwer von Begriff war.

»Wir haben uns im Guten getrennt. Wir passen nicht zusammen. Es macht auch keinen Sinn, wenn ich ständig an eine andere Frau denken muss«, meinte er schmunzelnd.

Inzwischen hatte ich mich wieder etwas im Griff.

» An eine andere Frau? Wirklich?« Es war nur gut, dass er mein Gesicht nicht sehen konnte. Wahrscheinlich strahlte ich wie ein Honigkuchenpferd.

»Ja, so ist es in der Tat. Aber was ist jetzt? Wann kann ich dich abholen?«

So gelassen, wie es mir nur möglich war, antwortete ich: »Okay, Ich bin schon bereit. Du kannst schon mal losfahren. Da kommt auch schon der

Arzt mit meinem Entlassungsbrief.«

Tatsächlich öffnete dieser gerade die Zimmertür und kam herein. Auch der Doktor lächelte extrem freundlich. Oder kommt mir das nur so vor, weil ich vor lauter Glück die ganze Welt umarmen könnte, überlegte ich mir.

In Windeseile verließ ich die Klinik. Da ich ja nicht viel Gepäck dabei hatte, war das kein Problem. Schließlich wurde man bei einer Entführung nicht gefragt, ob man noch etwas mitnehmen möchte. Meine Mutter hatte mir das Nötigste gebracht.

Eigentlich wollte sie mich heute abholen. Am liebsten wäre sie die ganze Nacht an meinem Bett sitzen geblieben, so froh war sie, dass ich unversehrt wieder zurückgekehrt war. Natürlich hatte sie sich unglaubliche Sorgen gemacht. Sie hatte nach dem Tod meines Vaters ja nur noch mich.

Allerdings würde sie jetzt noch ein bisschen ohne meine Gesellschaft auskommen müssen, dachte ich, als ich Raphaels weißen Audi um die Ecke kommen sah. Er hielt direkt neben mir an und wollte aussteigen, aber er kam gar nicht dazu, so schnell wie ich die Beifahrertür aufgerissen hatte und mich auf den Sitz fallen ließ. Ich fragte ihn, noch ganz außer Atem: »Wo geht´s hin?«

»In die Zukunft«, meinte er nur, zog mich an sich und küsste mich zärtlich.

Ende

Epilog

Fasziniert fiel Gabrieles Blick auf das Brautpaar. Was für eine hübsche Braut Sophie doch war und wie gut die beiden zusammenpassten. Sie seufzte zufrieden vor sich hin. Was hatte sich doch alles seit diesem schrecklichen Erlebnis vor einem dreiviertel Jahr verändert.

Der Sektempfang nach der Kirche fand im Garten bei den Lehmanns statt. Das Wetter an diesem Augusttag eignete sich perfekt dazu. Es hatte angenehme fünfundzwanzig Grad. Kai legte den Arm um seine Freundin und meinte lächelnd: »Du siehst ja so verklärt aus. Bist du neidisch?«

»Natürlich nicht«, antwortete sie entrüstet.

»Obwohl, wenn mir der richtige Mann einen Heiratsantrag machen würde, könnte ich mir das schon überlegen«, erwiderte sie herausfordernd.

»Na, dann musst du dich nachher anstrengen und versuchen den Brautstrauß zu fangen.« Dabei grinste er von einem Ohr zum anderen.

»Oh, ich glaube, da will jemand mit dir sprechen«, deutete Kai in Richtung Haus. »Ich denke, ich verziehe mich mal.« Und schon war er weg.

Erstaunt sah Gabriele Raphaels Mutter auf sich zukommen. Sie wollte protestieren, aber Kai hörte schon nichts mehr.

Da war Karin auch schon da.

»Hallo Gabriele, schön, dass du da bist«, sagte sie zaghaft.

Gabriele nickte wortlos und Karin fuhr fort: »Ich möchte mich bei dir für mein damaliges Verhalten entschuldigen.«

Verblüfft schaute Raphaels ehemalige Verlobte sie an. Damit war nicht zu rechnen gewesen. Sie wollte gerade etwas erwidern, aber Karin winkte ab und fuhr fort: »Ich weiß, es gibt dafür keine Entschuldigung, aber ich möchte trotzdem, dass du weißt, wie Leid es mir tut. Ich war damals in einer Lebenskrise und sehr unzufrieden. Wie du vielleicht gehört hast, bin ich inzwischen hier ausgezogen und führe mein eigenes Leben. Mit Günther habe ich mich ausgesprochen und bin ihm nicht böse, denn wir haben die letzten Jahre nur nebeneinander her gelebt und ehrlich gesagt, geht es mir ohne ihn viel besser.«

»Das freut mich für Sie«, fand Gabriele ihre Sprache wieder. »Im Nachhinein muss ich sagen, dass ich Ihnen sogar dankbar bin. Sie hatten Recht damit, dass Raphael und ich nicht zusammenpassen. Außerdem habe ich schließlich auch meine große Liebe gefunden, wenn auch durch etwas gefährliche Umstände.«

»Das stimmt. Zum Glück ist alles gut gegangen. Das hätte ich mir sonst nie verzeihen können.« Mit diesen Worten tätschelte Karin den Arm von Gabriele und ging dann auf ihren Sohn und Sophie zu. Dort nahm sie ihre Schwiegertochter in den Arm und sagte, wie sehr sie sich freue, dass ihr Sohn so eine tolle Frau geheiratet hatte.

Die beiden schienen sich sehr gut zu verstehen. Und Karin hatte sich tatsächlich total geändert, stellte Gabriele fest, die das Ganze beobachtet hatte. Aber Sophie musste man einfach mögen, sinnierte sie weiter und freute sich, dass das Schicksal es so gut mit ihnen allen gemeint hatte.

Dank

Ich bedanke mich bei meinem Mann Peter, der diesen Krimi von Anfang an mitgelesen hat, wie auch alle meine anderen Bücher. Vor allem auch für die Covergestaltung! Und natürlich dafür, dass er mir den Rücken freihält und ich dadurch überhaupt Zeit zum Schreiben habe.
Mein ganz besonderer Dank gilt Susanne Barton und Claudia Mackiewicz für das Korrektorat!
Ebenfalls Dittmar Huniar und Frau B. Eichkorn für das Lektorat!
Und nicht zu vergessen, meinen beiden Probelesern Carola Büchner und Gerhard Broichmann, die die Rohfassung gelesen haben, um nach Logigfehlern zu suchen!
Ganz lieben Dank auch an meinen Vater, der diesen Krimi ebenfalls mit Begeisterung vorab gelesen hat!
Und J. Gerlach für einige Infos zu den Örtlichkeiten in Berlin!
Alle zusammen haben tolle Arbeit geleistet und mein Manuskript zu diesem wunderbaren Krimi gemacht.
Und nicht zu vergessen, danke ich natürlich allen meinen Lesern!!!

Eine kleine Bitte zum Schluss

Ich hoffe, dass Ihnen dieses Buch gefallen hat.
Der schnellste Weg, andere Leser an ihren Erfahrungen mit diesem Krimi teilhaben zu lassen, ist eine Rezension im Online-Buch-Shop.
Ihr Feedback hilft anderen Lesern, Neues zu entdecken. Außerdem hat man als Autor durch Ihr ehrliches Leser-Feedback die Möglichkeit, sich weiterzuentwickeln.
Vielen Dank im Voraus, wenn Sie sich ein paar Minuten Zeit nehmen und eine Bewertung zum Buch veröffentlichen.

Manuela Kusterer

Gefährliche Entscheidung

Kriminalroman

Seiten: 308

ISBN: 9783751937092

Wie eine falsche Entscheidung das Leben verändern kann….

In Pforzheim fühlt sich Luisa Kessler beobachtet und verfolgt. Nach dem Tod ihres Mannes versucht sie, sich zusammen mit ihrer Tochter Annabelle ein neues Leben aufzubauen. Als sie gerade beginnt wieder glücklich zu sein, erhält sie eine Nachricht, die ihre ganzen Pläne ändert.
Ungefähr zur gleichen Zeit wird in Berlin eine Studentin bestialisch ermordet.
Nachdem eine weitere junge Frau auf die gleiche Art und Weise ermordet aufgefunden wird, ermittelt das Polizeiteam auf Hochtouren. Bald wird Hauptkommissarin Maren Westphal und ihrem Kollegen klar, dass es der Täter noch auf ein weiteres Opfer abgesehen hat. Es ist ein Wettlauf mit der Zeit.

Leseprobe:

Gefährliche Entscheidung

Prolog

Stumm schaute Liane Berger ihren Mann an. Sie saßen am Tisch in dem modern eingerichteten Esszimmer ihrer schönen Altbauwohnung. Wortlos hatte sie einen zweiten Kaffee vor ihn auf den Tisch gestellt und trank selbst auch einen, nachdem die Kinder in den Kindergarten und in die Schule gebracht worden waren. Emma konnte mit ihren fünf Jahren noch nicht alleine in den zwei Straßen entfernten Hort gehen und für ihren Sohn war es ebenfalls besser, wenn er nicht ohne Begleitung durch die belebten Berliner Straßen laufen musste, vor allem, weil die Familie erst seit Kurzem in dem Stadtteil Friedenau wohnte. Schließlich war Lars erst acht Jahre alt.

Nachdem das Schweigen mehr als unangenehm geworden war, unterbrach Markus die Stille: »Was wirfst du mir jetzt eigentlich vor? Ich kann doch nichts dafür, dass ich jetzt arbeitslos bin. Ich habe mir nichts zuschulden kommen lassen. Und dafür, dass die Firma Konkurs anmelden musste, kann ich auch nichts. Wenn wir nicht so verschwenderisch leben würden, wäre das alles auch kein Problem, aber du wolltest ja unbedingt diese teure Wohnung mieten.«

»Das ist jetzt aber mehr als unfair«, empörte sich Liane und schaute Markus dabei mit bitterbösem Blick an.

Sie sieht wunderschön aus mit ihren langen, blonden Haaren, dem schmalen ebenmäßigen Gesicht und den strahlend blauen Augen, die nun vor Zorn blitzen, dachte Markus, ließ sich aber nicht davon ablenken.

»Ich hätte das und den ganzen Luxus, der für dich so wichtig ist, nicht gebraucht«, fuhr er fort.

Als Liane bemerkte, dass sich ihr Mann dieses Mal nicht so einfach um den Finger wickeln ließ, versuchte sie einzulenken.

»Na ja, du wirst ja als Industriekaufmann wohl irgendwo schnell etwas Neues finden.«

»Du weißt genauso gut wie ich, dass wir von dem Gehalt, das ich in diesem Beruf verdienen würde, unseren Lebensstandard nicht halten könnten. Ständig musste ich mit irgendwelchen Jobs etwas dazuverdienen.« Markus ließ sich nicht besänftigen.

»Ich werde mir auch wieder einen Teilzeitjob suchen, jetzt wo die Kinder nicht mehr so klein sind«, warf seine Frau ein.

»Na super, weil du als Friseurin auch ein Vermögen nach Hause bringst.«

»Du bist so gemein«, schrie Liane ihn an und rannte unter Tränen ins Schlafzimmer, wo sie die Tür laut zuknallen ließ.

Na, das habe ich ja super hinbekommen, stellte Markus resigniert fest. Normalerweise war er ein lebenslustiger Mensch, der sich nicht allzu viele Sorgen machte. Man konnte ihn durchaus als Lebenskünstler bezeichnen. Aber nun stand ihm das Wasser tatsächlich bis zum Hals. Er liebte seine Frau über alles und war deshalb auch immer bemüht, ihr alle Wünsche zu erfüllen. Und das waren nicht wenige gewesen in den letzten Jahren. Mit dem Geld, das er in seinem Beruf verdiente, wäre er da nicht weit gekommen. Deshalb hatte er so ziemlich alle Jobs angenommen, die ihm angeboten wurden, manchmal auch Aufträge, die sich am Rande der Legalität befanden. Aber nachdem er nun seine Arbeit verloren hatte, sah er einfach kein Land mehr, da sich in letzter Zeit auch einiges an Schulden angesammelt hatte. Und ein legaler Nebenjob konnte ihn da auch nicht weiterbringen. Ich kann schließlich keinen Auftragsmord begehen, lächelte Markus, der schon wieder seinen Humor gefunden hatte, als ihm plötzlich eine geniale Idee in den Kopf schoss.

»Das ist die Lösung«, murmelte er vor sich hin. Aufgeregt erhob er sich von dem modernen, wippenden Stuhl mit Chromgestell und lief aufgeregt in der Wohnung auf und ab. Vollkommen vertieft in seinen Plan, bemerkte er nicht einmal das Schluchzen, das aus dem angrenzenden Zimmer kam.

Schließlich versiegten Lianes Tränen und sie wunderte sich, dass ihr Mann nicht zu ihr kam um einzulenken, wie er es sonst zu tun pflegte. Mit Tränen hatte sie bisher immer ihr Ziel erreicht. Meistens endete es dann mit leidenschaftlichem Sex, aber dieses Mal schien irgendetwas anders zu sein. Plötzlich hörte sie die Haustür ins Schloss fallen. Sie erhob sich und verließ zögernd das Schlafzimmer, um erstaunt festzustellen, dass Markus einfach die Wohnung verlassen hatte, ohne sich zu verabschieden.

Kapitel 1

Pforzheim

»Ich kann Ihnen diese Creme für trockene Haut sehr empfehlen. Vor allem nach einer Chemotherapie bietet sie sich an, weil viel Urea enthalten ist. Ich nehme sie selbst für meine Hände, weil die ziemlich trocken sind, da ich ständig am Händewaschen bin.«

Fasziniert schaute Felix Sommer seine Angestellte Luisa Kessler an, die wie immer alles gab, um die Kundschaft hervorragend zu beraten. Der Apotheker konnte sich an ihr einfach nicht sattsehen. Mit ihren Wangengrübchen und ihrem liebevollen Gesichtsausdruck, der schmeichelnd von ihrem dunklen Fransenhaarschnitt umrahmt wurde, sah sie aber auch allerliebst aus. Schon längst war ihm klargeworden, dass er sich unsterblich in Luisa verliebt hatte. Nur leider schien das nicht auf Gegenseitigkeit zu beruhen. Sie schien immer noch in tiefer Trauer versunken zu sein. Vor einem Jahr war ihr Ehemann Paul in der Nordsee ertrunken. Man hatte ihn zwar nie gefunden, sondern nur das von ihm gemietete Motorboot entdeckt, in dem sich seine Jacke, Schuhe und ein Rucksack mit dem Ausweis befanden. Alles deutete auf Selbstmord hin.

Da sich die Tür öffnete und eine Kundin die Apotheke betrat, musste Felix sich schweren Herzens von dem herzerfrischenden Anblick losreißen und zum freien Platz an der Verkaufstheke eilen.

»Guten Tag, was kann ich für Sie tun«, fragte er freundlich die ältere Dame, die ihm entgegenblickte.

Luisa streifte ihren Chef mit einem kurzen Blick, bevor sie an ihm vorbeiging, um die ruhige Zeit am Vormittag zu nutzen und ihr mitgebrachtes Brot zu essen. Im Aufenthaltsraum angekommen, ließ sie sich auf einen der drei Holzstühle an dem weißen Tisch fallen. Irgendwie war sie heute zerstreut und wollte sich etwas entspannen, bevor gegen Mittag wahrscheinlich wie meistens mehr Kundschaft kommen würde. Luisa hatte vor zwei Jahren diesen Halbtagsjob angenommen, da sie sich dann nachmittags gut um ihre fünf Jahre alte Tochter Annabelle kümmern konnte. Nach dem Tod ihres Mannes beließ sie es dabei, da sie zusammen mit Paul genug Rücklagen erspart hatte, um nicht den ganzen Tag arbeiten zu müssen. Schließlich musste sie nachmittags für ihr Töchterchen da sein. Sie hatte nie bereut, von der großen Apotheke, die sich in der Pforzheimer Stadtmitte befand, in diese kleinere gewechselt zu haben, die nicht weit von ihrer alten Arbeitsstelle entfernt war. Ihr Chef war sehr nett und mit ihrer Kollegin Melanie, die nachmittags anwesend war und nur samstags zusammen mit ihr arbeitete, verstand sie sich ebenfalls sehr gut. Sie waren im gleichen Alter und hatten sich sogar etwas angefreundet. Luisa fühlte sich rundum wohl. Nur hatte sie in letzter Zeit das Gefühl, dass Felix mehr von ihr erhoffte als ein Arbeitsverhältnis. Aber wahrscheinlich täuschte sie sich. Er war von Anfang an nett zu ihr gewesen. Schon wieder spürte Luisa ein Kribbeln im Bauch, während sie an den gutaussehenden Mann dachte. Vielleicht wollte sie sich das einbilden, stellte sie entsetzt fest und verbot sich sogleich diesen Gedanken. Schließlich hatte sie Paul geliebt und war noch lange nicht über den Verlust hinweg, rief sie sich zur Ordnung und zuckte zusammen, als ihr Chef den kleinen Nebenraum betrat. Er stellte sich hinter sie, legte seine Hand auf ihre Schulter und sagte: »Geht es dir heute nicht so gut?«

Sie waren schon lange zum „Du" übergegangen, auch mit Melanie. Das machte das kollegiale Verhältnis besser, da waren sich die drei einig. Aber nun zuckte Luisa unter seiner Hand erschrocken zusammen, als ob sie sich verbrannt hätte, sprang auf und war froh, dass das Öffnen der Ladentür sich durch ein sanftes Klingeln bemerkbar machte. Sie rannte regelrecht aus dem Raum. Felix schaute ihr enttäuscht und nachdenklich hinterher. Er musste sich wohl damit abfinden, dass seine Angestellte nichts an ihrem freundschaftlichen Verhältnis ändern wollte. Seufzend ging er zurück in den Verkaufsraum, weil inzwischen noch mehr Kundschaft eingetroffen war.

...

Luisa kam pünktlich um 13.30 Uhr beim Kindergarten an, der sich etwas außerhalb am Stadtrand befand, um Annabelle abzuholen. Sie hatte ihre Tochter dort nicht zum Mittagessen und zur Ganztagsbetreuung angemeldet, weil sie die wertvolle Freizeit selbst mit ihr verbringen wollte. Schnell würde die Zeit vorbei und die Kleine erwachsen sein. Diese Jahre wollte Luisa mit ihr in vollen Zügen genießen, das hatte sie sich nach dem Tod ihres Mannes geschworen.

»Hallo Frau Kessler, kann ich Sie kurz sprechen?«, wurde sie aus ihren Gedanken gerissen. Vor ihr stand Rebecca, eine der Erzieherinnen, die ihr Töchterchen betreute.

»Ja, natürlich. Ist etwas passiert?«, fragte Luisa erschrocken.

»Nein, nein, kommen Sie doch bitte kurz mit in mein Büro, da können wir ungestört reden.«

Beklommen folgte Luisa der jungen Frau. Nachdem sich die beiden gegenübersitzend niedergelassen hatten, kam Rebecca ohne Umschweife auf den Punkt: »Mir ist aufgefallen, dass Annabelle zurzeit sehr still ist, fast als ob sie etwas bedrücken würde. Vielleicht kommen bei ihr die psychischen Folgen nach dem Tod ihres Vaters etwas später ans Tageslicht. Ich wollte Sie nur bitten, sich Gedanken zu machen, ob Ihre Tochter nicht

196

doch vielleicht die Hilfe eines Psychologen in Anspruch nehmen sollte?«

Verblüfft schaute Luisa ihr Gegenüber an. Mit so etwas hatte sie jetzt überhaupt nicht gerechnet.

Annabelle war ihrer Meinung nach wie immer, im Gegenteil, sie fand die Kleine sogar eher wieder fröhlicher. Im ersten Moment kam Ärger in ihr auf. Was bildete diese junge, doch noch sehr unerfahrene Frau, sich eigentlich ein. Schließlich kannte sie ihre Tochter am besten. Aber dann kam doch die Vernunft in ihr auf, denn schließlich waren die Betreuerinnen hier in dieser Kindertagesstätte nicht ihre Feinde und wollten nur das Beste für die Kinder. Deshalb erwiderte sie zögernd: »Ich selbst habe zwar nichts dergleichen bemerkt, aber ich werde darüber nachdenken. Entschuldigen Sie mich nun bitte, ich habe noch einen Termin und muss jetzt gehen.«

»Natürlich.« Rebecca erhob sich, verließ nach Luisa das Büro und folgte ihr in das Spielzimmer, in dem sich die Kinder befanden, die um diese Zeit den Hort verlassen durften. Als Annabelle ihre Mutter erspähte, eilte sie freudestrahlend auf Luisa zu und warf sich ihr an den Hals. Dabei geriet der Turm aus Bauklötzen, den sie errichtet hatte, gefährlich ins Wanken. Wieder dachte Luisa, die Kleine ist doch absolut fröhlich, ich kann das einfach nicht glauben. Warum muss denn immer jemand Probleme sehen, wo keine sind, verdrängte aber die Gedanken wieder und drückte ihre Tochter freudig an sich.

»Jetzt gehen wir erst mal nach Hause, damit du schnell was zu essen bekommst«, schlug Luisa vor.

»Au ja, gibt es Spaghetti mit Tomatensoße?« fragte Annabelle erwartungsvoll.

»Schon wieder? Das gab es doch erst vorgestern. Ich weiß nicht so recht.«

»Ach bitte, bitte«, bettelte sie weiter.

»Mal schauen«, versprach ihre Mutter beim Verlassen des Gebäudes.

Nachdem Mutter und Tochter gemeinsam die Spaghetti mit Sahnesoße verzehrt hatten, saß Luisa nachdenklich vor ihrer Tasse Kaffee an dem runden, massiven Holztisch aus Kiefernholz, der gerade in die Ecke der nicht allzu großen Küche passte. Sie liebte diesen gemütlich eingerichteten Platz und der Nachmittagskaffee durfte, wenn möglich, nicht ausfallen. Annabelle hatte sich nach kurzem Aufbegehren, da sich keine passierten Tomaten im Haus befanden, auf den Deal einer Sahnesauce eingelassen.

Bevor sich Luisa mit ihrem Kaffee niedergelassen hatte, hatte sie mit einem Blick ins Kinderzimmer festgestellt, dass ihr Töchterchen sich ihrer Lieblingsbeschäftigung, dem Basteln widmete. Mit dem Kopf über den kleinen Spieltisch gebeugt, sah man vor lauter dunklen Locken nicht allzu viel von ihrem Gesicht. Das war die beste Voraussetzung, um in Ruhe den Kaffee zu genießen. Aber so richtig entspannen konnte sich Luisa heute nicht, zu viel ging ihr im Kopf herum. Was empfand sie für ihren Chef? Trauerte sie überhaupt noch so sehr um Paul, dass sie sich nicht auf eine neue Beziehung einlassen konnte? Oder war das nur ein Vorwand, weil sie Angst vor Veränderungen hatte? Schließlich war sie ja nicht nur für sich allein verantwortlich. Aber durfte sie nicht auch ein bisschen glücklich sein? Kaum schob sie einen Gedanken weg, war sofort der nächste da. Schließlich dachte sie an den Tag zurück, als die Polizei bei ihr vor der Haustür stand und ihr mitteilte, dass der dringende Verdacht bestünde, dass ihr Mann in der Nordsee ertrunken sei und dass alles auf Selbstmord hindeuten würde. Bei dem Gedanken schnürte es ihr erneut die Kehle zu. Paul hatte ihr nicht einmal gesagt, dass er vorhatte dorthin zu fahren. Plötzlich war er verschwunden gewesen. Bei einem kurzen Anruf von unterwegs hatte er ihr mitgeteilt, dass sie sich keine Sorgen machen solle, er bräuchte nur eine kurze Auszeit. Das allein war schon mehr als verwunderlich, denn so etwas war in ihrem gemeinsamen Leben noch nie vorgekommen. Sie hatten sich doch immer alles sagen können, alle Sorgen gemeinsam besprochen und alle Probleme zusammen gelöst. Das Schlimmste aber war, dass sie überhaupt nicht bemerkt hatte, dass es ihm schlecht ging. Auch im Nachhinein konnte sie für eine Depression keine Anzeichen finden. Das machte Luisa am meisten zu schaffen. Seufzend erhob sie sich, ging ins angrenzende Wohnzimmer und ließ sich auf ihrem neuen Liegesessel aus robustem, grauen Stoff nieder, den sie sich vor Kurzem gegönnt hatte. Zuvor angelte sie noch nach dem Telefon, das auf dem Couchtisch aus Glas lag und wählte seufzend die Nummer ihrer Mutter. Diese würde sonst spätestens heute Abend anrufen, weil sich Luisa drei Tage nicht bei ihr gemeldet hatte. Und da wäre sie dann sicher in das Fernsehprogramm vertieft und müsste sich anhören, nicht sehr gesprächig zu sein.

»Bambach«, meldete sich ihre Mutter.

Luisa konnte sich deren verblüfften Gesichtsausdruck ganz genau vorstellen. Wie sie mit ihrem akkurat gepflegten, blonden Kurzhaarschnitt in der Diele stand und sich wunderte, dass ihre Tochter sie um diese Zeit anrief. Nein, dass diese überhaupt anrief, denn meistens musste Brigitte Bambach sich bei Luisa melden, weil sie sonst mindestens eine Woche darauf warten musste. Brigitte wohnte in Remchingen und war eine selbstbewusste 68-jährige Frau, die kerngesund war und eine Ruhe ausstrahlte, um die sie auch ihre Freundinnen sehr beneideten.

»Hallo Mama«, meldete sich nun Luisa.

»Luisa, Kind, was für eine Überraschung. Ist was passiert?«

»Wieso muss denn was passiert sein, wenn ich anrufe«, antwortete ihre Tochter etwas ungehalten.

»Na ja, um diese Zeit, mitten unter der Woche rufst du sonst nie an, aber ich freue mich natürlich. Wie geht es dir? Und meinem kleinen Schatz?«

»Uns geht es gut.«

»So hörst du dich aber nicht an.«

»Dir kann man aber auch gar nichts vormachen«, seufzte Luisa.

»Ich bin ja auch deine Mutter. Also, was liegt dir auf dem Herzen?«

»Das Übliche. Ich grübele mal wieder, warum ich nicht bemerkt habe, dass es Paul nicht gutging.«

»Jetzt hör doch endlich mal auf, dich ständig verrückt zu machen. Du hast keine Schuld an seinem Tod.«

»Das weiß ich doch, aber trotzdem....«

»Du musst mal wieder unter Leute kommen. Geh doch mal wieder aus. Meine Enkelin kann doch mal wieder bei mir schlafen«, unterbrach Brigitte ihre Tochter. »Immerhin ist Paul jetzt schon ein Jahr lang tot.«

»Ja, ja, für dich ist das alles immer so einfach, du hast ihn auch noch nie leiden können.«

»Jetzt werd mal nicht ungerecht. Nicht leiden können ist übertrieben. Mir gefiel es nicht, dass er immer so verschlossen war, aber deshalb war er ja kein schlechter Mensch. Vielleicht hatte er schon immer Depressionen.«

»So ein Quatsch«, empörte sich Luisa.

»Wie auch immer, auf jeden Fall war es dein Mann und ich verstehe, dass er dir fehlt. Trotzdem meine ich, dass du so langsam auch mal wieder etwas Freude am Leben haben solltest.«

»Du hast ja Recht«, lenkte ihre Tochter ein. »Vielleicht unternehme ich demnächst mal was mit Sabine.«

Sabine Büttner war Luisas beste und eigentlich auch einzige Freundin.

»Tu das«, erwiderte Brigitte erfreut. »Und jetzt hol mir mal meinen Goldschatz ans Telefon.«

»Mach ich«, ging Luisa sofort darauf ein, war sie doch froh, dass ihre Mutter nicht wieder davon anfing, dass sie nach einem Mann Ausschau halten solle.

»Anna«, rief sie ihr Töchterchen. »Die Oma ist am Telefon.« Das brauchte sie nicht zweimal sagen, denn Annabelle liebte Brigitte über alles.

Kapitel 2

Berlin

Im Besprechungsraum des Berliner Polizeipräsidiums herrschte eine spannungsgeladene Stimmung.

Wenn ein Mensch auf bestialische Weise ermordet wurde, wie im Fall von Saskia Breuer, herrschte bei den Kommissaren immer eine gewisse Aufregung, wenn sie auch im Allgemeinen einiges gewöhnt waren. Aber diese junge Frau war so verstümmelt worden, dass man kaum noch etwas von ihr erkennen konnte. Lediglich anhand ihres Zahnstatus konnte bestimmt werden, um wen es sich handelte.

Hauptkommissar und Inspektionsleiter Andreas Gerloff drehte sich zu seinem Team um, nachdem er ein Bild der Toten an der Magnetwand befestigt hatte. Um einen langen weißen Tisch hatten sich Hauptkommissarin Maren Westphal, Oberkommissar Sven Reichenbacher und ein neu zusammengesetztes 20 Mann Team der „Soko Saskia" versammelt. Dieser Mordfall ging allen Beteiligten an die Nieren.

»Was wissen wir bis jetzt«, fragte Gerloff obligatorisch, fuhr aber fort, ohne eine Antwort seiner Leute abzuwarten. »Saskia Breuer, die 26 Jahre alte Medizinstudentin, wurde im Grunewald tot aufgefunden. Sie wurde ermordet und im Moment deutet alles darauf hin, dass es sich um einen Serienmörder handeln könnte, denn vor drei Jahren gab es einen fast identischen Mordfall, ebenfalls eine junge Studentin, die genauso zugerichtet worden war, wie unser jetziges Opfer. Beiden wurden Schnitte und Verletzungen am ganzen Körper zugefügt und das Gesicht bis zur Unkenntlichkeit verunstaltet. Was wir inzwischen wissen, ist, dass beide Frauen vergewaltigt wurden, allerdings erst nach Todeseintritt.«

»Das könnte ja darauf hindeuten, dass der Täter, als die Frauen noch am Leben waren, nicht den Mumm dazu gehabt hatte«, warf nun Maren Westphal ein. Bewundernd schaute Oberkommissar Reichenbacher seine Kollegin an. Sven war erst vor Kurzem zu dem Team gestoßen und himmelte die kesse Kommissarin mit dem blonden Kurzhaarschnitt seit dem ersten Tag an. Das wiederum gefiel dem Chef überhaupt nicht, denn er hasste Techtelmechtel in seiner Abteilung, da er der Meinung war, dass die Arbeit darunter leiden würde. Nun wandte er sich an seine Mitarbeiterin, nicht ohne zuvor einen missbilligenden Blick auf Sven Reichenbacher zu werfen. »Das könnte ich mir gut vorstellen. Ich habe für diesen Fall noch einen Profiler angefordert, der morgen anreisen wird. Sind sonst noch irgendwelche Fragen?«, schaute Andreas Gerloff in die Runde.

»Nein, dann werdet ihr beide, Maren und Sven, zunächst die Eltern der Toten befragen. Bis jetzt waren sie nicht vernehmungsfähig. Die Mutter hatte verständlicherweise einen totalen Zusammenbruch und ist in ärztlicher Behandlung. Anschließend geht ihr dann noch in die Uni und schaut, was ihr dort noch erfahren könnt.«

Im Anschluss verteilte der Chef noch Aufgaben an die anderen Beamten der Soko und erhob sich mit den Worten: »In fünfzehn Minuten findet eine Pressekonferenz statt. Das lässt sich natürlich in diesem Fall nicht vermeiden.« Nach kurzer Überlegung sagte er an die Hauptkommissarin und den Oberkommissar gewandt: »Und ihr begleitet mich und startet mit euren Ermittlungen erst nach der Konferenz. Ich werde eure Unterstützung brauchen können.« Eiligst verließ er den Raum, wobei er sich mit dem Handrücken den Schweiß von der Stirn wischte. Andreas empfand es an diesem Tag als extrem warm, obwohl die Temperaturen im

März noch nicht sehr sommerlich waren und auch die Heizung eher auf Sparflamme arbeitete, aber das war wahrscheinlich dem immensen Druck zu verdanken, den dieser Fall mit sich brachte.

Manuela Kusterer

Wer nicht vergessen kann, muss töten

Seiten: 208

ISBN:9783735721549

Es ist nicht das erste Mal, dass Privatermittler Andreas Stahl einen Drohbrief bekommt. Aber dieses Mal spürt er die Gefahr greifbar nahe. Der Verfasser des Briefes droht, sein Leben zu zerstören. Acht Wochen danach verschwindet seine Frau spurlos. Die Polizei unternimmt nichts, weil es keine Anzeichen für ein Verbrechen gibt.
In Pforzheim wird eine Frau auf entsetzliche Weise ermordet. Für die Ermittlungen ist das Polizeirevier Pforzheim zuständig. Das Team befürchtet, dass das erst der Anfang ist.
Nachdem Stahl von seiner totgeglaubten Frau einen verzweifelten Anruf bekommt, beginnt er die Suche nach ihr. Die Spur führt ins Ausland. Im Zuge der Ermittlungen kreuzen sich die Wege des Detektivs aus Karlsruhe und der im Mordfall ermittelnden Polizeibeamten. Hat das Verschwinden von Margarete etwas mit dem Fall zu tun?

Die Schwarzwaldserie „Lea und ihr Team"

Das Schweigen im Schwarzwald

Erster Fall

ISBN: 9783741280597

Die Tote, die noch lebt

Zweiter Fall

ISBN: 9783743196360

Rache oder Wahnsinn

Dritter Fall

ISBN: 9783744867719

Manuela Kusterer

Hass oder Verzweiflung

Lea und ihr Team
Vierter Fall

Schwarzwaldkrimi

Seiten: 196
ISBN:9 783752877878

Ein Mann wird im Nordschwarzwald tot in seinem Auto aufgefunden. Dass es Mord war, steht schnell fest.
Das Schömberger Polizeiteam wird informiert und nimmt die Ermittlungen auf. Da bleibt keine Zeit mehr, sich in Ruhe an die neue, hübsche Kollegin zu gewöhnen. Als kurze Zeit später eine Frau auf die gleiche Art und Weise ermordet aufgefunden wird, verbreitet sich die Angst, dass der Täter noch einmal zuschlagen könnte. Wird das Team weitere Morde verhindern können?

Dann gibt es von der Autorin noch eine Romanserie:

„Die Liebe, das Leben und die täglichen Katastrophen"

Seiten: 176
ISBN: 9783746008998

„Tamara, ihr Leben und das Café"

Seiten: 192
ISBN: 9783748183280

„Neues aus dem Café und andere Katastrophen"

Seiten: 180
ISBN: 9783750419803